수
라
왕

1

이대성 신무협 장편소설

dream
books
드림북스

수라왕 1

초판 1쇄 인쇄 / 2014년 1월 16일
초판 1쇄 발행 / 2014년 1월 24일

지은이 / 이대성

발행인 / 오영배
책임편집 / 편집부
펴낸 곳 / (주)삼양출판사 · 드림북스

주소 / 서울특별시 강북구 솔샘로67길 92
대표 전화 / 02-980-2112 팩스 / 02-983-0660
편집부 전화 / 02-980-2116 팩스 / 02-983-8201
블로그 / blog.naver.com/dreambookss

등록번호 / 제9-00046호
등록일자 / 1999년 3월 11일

ⓒ 이대성, 2014

값 9,000원

ISBN 978-89-542-5434-2 (04810) / 978-89-542-5433-5 (세트)

* 지은이와 협의하에 인지는 생략합니다.
* 잘못된 책은 구입한 곳에서 바꾸어 드립니다.

이 도서의 국립중앙도서관 출판시도서목록(CIP)은 서지정보유통지원시스홈페이지(http://seoji.nl.go.kr)와
국가자료공동목록시스템(http://www.nl.go.kr/kolisnet)에서 이용하실 수 있습니다.
(CIP제어번호: 2014000443)

수라왕

1

이대성 신무협 장편소설

★
dream
BOOKS
드림북스

차례

작가의 말

안녕하세요, 이대성입니다.

어느덧 글을 쓰기 시작한 지 벌써 13년이 되었네요.

그동안 여러 작품들을 써 왔지만, 이번 수라왕이라는 작품은 제 인생에서 유달리 기억에 남는 녀석이 될 것 같습니다.

출판 준비 기간도 여태껏 해 왔던 다른 작품들보다 훨씬 길었고, 책에 글씨만 가득한 것이 아니라 중간중간 그림도 들어가는 것이 아무래도 저에게는 큰 새로움으로 다가오는 모양입니다.

종이책은 네이버 웹소설에서 연재되는 내용보다 더욱 매끄러워지도록 보완을 했습니다.

웹상에서는 볼 수 없었던 특별한 외전과 설정집도 뒤에 추가했고,

내용상의 오류도 바로잡았습니다.

글 내용에 대한 이야기는 굳이 하지 않겠습니다.
작품에 대한 판단은 제가 하는 것이 아니라 온전히 독자님들의 몫이
니까요.

날씨가 많이 추워졌네요.
어서 빨리 봄이 왔으면 좋겠습니다.

2013년 12월의 마지막 밤.
인천의 어느 하늘 아래서…….

작가 개인 블로그 주소 http://blog.naver.com/herolds1
작가 팬카페 주소 http://cafe.naver.com/ganafan

序章

그에게 물었다.

"권왕(拳王)과 당신이 싸우면 누가 이길까요?"

내가 질문하자 그의 오만한 얼굴에 흥미롭다는 기색이 어렸다.

"고작 그것을 물어보려 이곳까지 왔는가?"

"저에겐 중요한 일이니까요."

"재미있군."

그는 내 질문을 웃어넘기려는 듯했지만 이내 진지한 얼굴로 생각에 잠겼다.

그리고 한참의 시간이 지난 후 느릿하게 입을 열었다.

"어느 정도 희생을 각오한다면 내가 이긴다."

"희생이라면……?"

"팔이나 다리 하나 정도는 내줘야겠지."

"필승을 자신하나요?"

그는 내 질문에 고개를 끄덕였다.

"자신한다."

나는 지필묵을 꺼내어 종이에 하나의 획을 그었다.

그리고 다시 입을 열었다.

"도왕(刀王)과 당신이 붙으면 누가 이기나요?"

"도왕이라……."

그는 피식 웃으며 고민도 없이 입을 열었다.

"이번에도 내가 이긴다."

"아무 희생 없이?"

그는 고개를 끄덕였다.

"놈은 아직 벽을 보지 못했지. 지금이라면 아무런 피해 없이 놈을 제압할 수 있다."

"만약 벽을 보았다면?"

"그럼 마찬가지로 팔이나 다리 한쪽 정도는 내줘야겠지."

"그래도 필승을 자신하신다는 거군요."

"물론."

나는 다시 종이에 다른 획을 그었다.

그리고 또 물었다.

"그럼 검왕(劍王)과 당신이 붙으면 어떻습니까?"

이번에도 그는 생각에 잠겼다.

하나 조금 전까지와는 다른 꽤나 긴 침묵이 이어졌다.

그렇게 한참이 지나고 나서야 그는 신중한 어조로 입을 열었다.

"양패구상이다."

나는 붓을 꺼내 들려던 손을 멈칫하며 되물었다.

"천하에 무서울 것이 없다는 야수왕(野獸王)께서도 필승을 자신하지 못한다는 말입니까?"

나의 도발에 그의 얼굴이 불쾌함으로 일그러졌다.

"검왕은 벽의 끝을 본 녀석이다. 나와 같지. 그럼 승부는 설령 신이라도 예측할 수 없다. 그 날의 몸 상태나 마음가짐으로 승부가 갈릴 것이다."

"상대가 최상의 몸 상태라면?"

야수왕.

구휘(嘔輝)는 내 질문에 씁쓸한 얼굴로 입을 열었다.

"그렇다면 아무래도 내가 죽을 확률이 높겠지."

"알겠습니다."

이번에는 종이에 지금까지와는 다른 세로의 획을 하나 그었다.

그것을 물끄러미 바라보던 야수왕이 입을 열었다.

"그것이 그대가 만들고 있다는 그 작품의 재료인가?"

"예. 강호를 바꿀 재료죠."

"실로 재미있는 발상이다. 제법 흥미가 생기는군. 완성된다면 나도 한번 보여 주겠는가?"

"물론입니다. 당신은 그것을 요구할 만한 자격이 있으니까요."

야수왕 구휘.

그의 오만한 얼굴에 처음으로 만족스러운 미소가 떠올랐다.

나는 그 미소를 보며 기습적으로 질문했다.

"그럼 수라왕(修羅王)과의 승부는 어떤 결과가 나옵니까?"

"수라왕이라……."

그는 이번에는 곤혹스러운 얼굴을 해 보였다.

세상에 거칠 것이 없다고 알려진 이 사나운 사내가 이런 표정을 짓게 될 줄은 나도 예상하지 못했기에 그의 얼굴을 흥미롭게 바라보고 있었다.

그러다 잠시 후 그가 마지못한 얼굴로 입을 열었다.

"다른 녀석들은 몰라도 그 녀석과는 싸우기 싫다. 그것이 내 솔직한 심정이군."

그 전까지와는 다른 불명확한 대답이다.

그랬기에 다시 물었다.

"그것은 당신의 패배를 시인하는 것입니까?"

"글쎄. 아무래도 그것과는 조금 종류가 다른 것이긴 하지만……."

그는 턱을 쓰다듬으며 잠시 무언가를 생각하더니 이윽고 고개를 끄덕였다.

"그렇게 생각해도 무방하겠군."

이번에는 내가 살짝 곤혹스러운 얼굴을 해 보였다.

그러자 내 표정을 보던 야수왕이 야릇하게 웃으며 물었다.

"그러고 보니 갑자기 궁금해졌다. 날 찾아오기 전에 다른 녀석들도 찾아갔겠지? 그놈들은 놈에 대해서 무어라 하던가?"

나는 입을 다물었다.

아직은 외부에 공개할 때가 아니다.

"……차후에 완성된 작품을 보시면 저절로 알게 될 것입니다."

"그런가? 아쉽군."

그는 예상외로 선선히 물러섰다.

중원의 예의범절을 모르는 그라면 조금 더 억지를 부릴 줄 알았는데…….

어찌 되었든 의미를 알 수 없는 묘한 미소를 그리고 있는 야수왕을 남겨 두고 나는 자리를 털고 일어섰다.

이곳 남만(南蠻)까지 온 소기의 목적은 달성할 수 있었다.

하지만 여전히 골치 아픈 문제가 남아 있었다.

'사대천왕(四大天王) 모두가 같은 말을 하다니…….'

나는 종이에 쓰여 있는 수라왕이라는 이름을 보며 얼굴을 찌푸렸다.

사대천왕.

차세대 강호를 주도할 그들 모두가 수라왕에 대해서는 한결같은 대답을 했다.

싸우기 싫은 상대.

하나 굳이 승부를 결해야 한다면 자신의 패배를 시인하는 상대였다.

그 후에는 다들 야수왕과 똑같은 웃음을 입가에 그리며 되물어 보았다.

다른 자들의 의견은 어떠했느냐고.

이것은 대체 무얼 의미하는 것일까?

저 웃음의 뜻은 대체 뭐지?

'그에게는 알려진 것 외에 다른 무언가가 더 있다는 건가?'

나는 살짝 짜증 섞인 얼굴로 종이에 세로의 획을 그었다.

수라왕 초류향(草流香).

이 사내 한 명 때문에 작품의 완성이 너무 늦어져 버렸다.

나를 제일 힘들게 했던 사내.

가장 이른 나이에 강호에 등장했으나 동시에 가장 천하를 혼란스럽게 했던 사내.

"수라왕……."

나는 그의 순위를 조정하며 종이를 덮었다.

반쯤 장난스럽게 시작했던 일이 드디어 끝이 난 것이다.

—강호서열록(江湖序列錄)의 저자 냉하영(冷夏榮).
그녀의 회고록에서 발췌.

*　　*　　*

나는 등가교환이라는 말을 좋아한다.

등가교환은 무언가를 주면 그와 상응하는 어떤 것을 얻는다는 뜻이다.

당연한 말이지만 이 세상에 공짜는 없다.

거저 얻는 것이 있으면 잃는 것 역시 있다.

생각해 보면 나는 이 당연한 세상의 진리를 굉장히 어린 나이에 경험하게 되었던 것 같다.

第一章

초류향(草流香)

"초류향. 이 계산에 대한 답이 뭐지?"

"팔천오백삼십이."

"……정답. 그럼 이건?"

"육천삼백이십."

"……어떻게 주판도 안 튕기고 그렇게 슬쩍 보면서 답이 나오냐? 나보다 산법도 늦게 배운 놈이."

서책을 뒤적거리며 건성으로 대답하던 소년.

초류향.

소년은 이 시대에는 매우 귀한 안경이라는 물건을 슬쩍 콧등으로 쓸어 올리며 대답했다.

"네가 집중을 안 해서 그렇지."

"그게 고문서를 읽으면서 계산한 네가 할 소리냐?"

초류향은 자기보다 족히 두 배는 몸집이 커 보이는 소년을 향해 어깨를 으쓱해 보였다.

"어차피 너희 집은 무가(武家)니까 이런 산법 같은 것 잘해 봐야 딱히 필요 없잖아? 무공만 잘하면 되지."

"그래도 이건 기분상의 문제라고, 기분상."

덩치 큰 소년.

하북에서 가장 큰 무림세가.

하북팽가(河北彭家)의 둘째인 팽가호(彭價虎)는 얼굴을 찡그리며 대답했다.

"여태껏 내 머리가 나쁘다고 생각해 본 적이 단 한 번도 없었는데 널 보면 자꾸 내가 바보가 되는 기분이야."

"그래도 몸 쓰는 건 네가 나보다 낫잖아."

"그건 인마 당연한 거고. 본가에서 죽자고 무공만 익히다 왔는데 너보다 몸 쓰는 것을 못하면 말이 되냐? 게다가 나이도 너보다 두 살이나 많은데…… 몸 쓰는 것도 못했으면 칼 물고 죽어야지."

이름난 무가에서 어릴 때부터 몸에 좋은 보약과 영약을 먹고 자라면서 온갖 무공으로 다져진 팽가호다.

반면에 꽤 큰 표국업을 하는 집에서 자랐다지만 기본적인 무공만 겨우 익힌 초류향이었기에 애초에 비교가 불가능한 것이 당연했다.

초류향 역시 그 사실을 떠올린 것인지 고개를 끄덕이며 대수롭지 않게 말했다.

"하긴 실질적인 투자 금액이 다르니까."

"……넌 너무 계산적이야."

"듣기 좋은 칭찬이네."

"이게 어딜 봐서 칭찬이냐? 욕이지."

초류향은 아까부터 계속 귀찮게 깐죽거리는 친구 팽가호를 향해 피식 웃어 주며 말했다.

"너희 집이 칼 한 자루에 목숨을 거는 것처럼 우리 집도 숫자 하나에 목숨을 걸어. 네가 나보다 무공이 센 게 당연하듯이, 내가 너보다 계산이 빨라야 하는 것도 당연한 거야. 그러니까 너무 쓸데없는 곳에 승부욕 불태우지 마. 시간 아깝다."

"누, 누가 승부욕을 불태웠다고 그래?"

팽가호가 얼굴이 시뻘게져서 항의하는 것을 보던 초류향은 안경을 벗고 눈을 문지르며 말했다.

"이번 우리 학당(學堂)에서 치러진 산법수리대회(算法數理大會)에서 내가 일등을 한 건 당연한 결과야. 오히려 네가 거기에서 삼등을 한 것이 놀라운 결과지. 거기에 만족해, 친구."

"그래, 거기에 만족해야지, 팽가호. 네 머리의 한계가 딱 거기까지다."

갑작스럽게 옆에 불쑥 등장한 소년.

호리호리한 체형에 멀끔해 보이는 이 소년이 바로 하북에서 하북팽가와 어깨를 나란히 한다는 진주언가(珍州彦家)의 막내 언극린(彦極麟)이다.

"언극린, 네가 왜 갑자기 끼어드냐? 형님들 진지한 이야기 하시는데."

팽가호가 퉁명스럽게 이야기하자 언극린이 히죽 웃으며 대꾸했다.

"형님들 좋아하고 있네. 그리고 옆에서 듣자니 하나도 안 진지한 이야기더만."

"또 무슨 시비를 걸려고 여기 온 거냐?"

"난 초류향에게 용건이 있어서 왔거든? 너한테 볼일 있어서 온 게 아니니까 신경 끄시지."

"지금 이 형님이랑 한판 해보자는 거냐?"

"그 놈의 형님……. 맨손으로 붙는 거면 얼마든지 상대해 주마."

언극린의 말에 팽가호는 자리에서 슬쩍 일어서며 말했다.

"본가는 칼로만 대화를 하지, 그깟 하오잡배들이나 하는 주먹질은 싸움으로 치지도 않는다. 이 형이 특별히 목도로 상대해 줄 테니 연무장으로 나와라."

"비겁한 새끼……. 무기를 사용한다는 말을 어쩜 저리 뻔뻔하게 하지? 그렇지 않냐?"

언극린이 초류향을 향해 동조를 구하자 안경을 다시 고쳐 쓴 초류향은 지극히 무덤덤한 어투로 입을 열었다.

"진주언가는 주먹과 장법으로 유명하고 하북팽가는 도법으로 유명하니까 그런 거겠지. 애초에 서로 간에 무의미한 대화야. 그리고 둘 다 시끄러우니까 밖에 나가서 싸워 줄래? 나 아직 봐야 할 책이 남아서……."

"그렇게 구석에 처박혀서 책만 읽지 말고 너도 가끔 연무장에 나가서 땀 좀 흘려. 몸에서 곰팡이 피겠다."

팽가호가 잔소리하자 초류향은 여전히 관심 없다는 말투로 말했다.

"항상 깨끗이 씻고 있어서 그런 걱정은 없어. 나 씻는 거 꽤 좋아하거든."

초류향이 다시 책으로 시선을 고정시키자 팽가호가 말했다.

"언극린, 너 이 녀석한테 볼일 있다고 했냐?"

"그렇지. 그래서 왔지. 안 그러면 내가 미쳤다고 이 답답한 서가에 찾아오겠냐?"

"하긴 너도 그럴 놈이지. 좋다, 그럼 나를 도와라."

"뭘?"

팽가호가 음흉하게 웃으며 앉아 있던 초류향의 한쪽 팔을 들어 올렸다.

"네가 반대쪽을 들어라."

"어?"

초류향이 저항의 몸짓을 해 보였지만 애초에 힘으로는 상대가 될 리 없었다.

언극린 역시 이런 일은 사양하지 않는지라 재빨리 초류향의 반대쪽 팔을 어깨 위로 걸치며 말했다.

"연무장이겠지?"

"물론이지, 동지."

평소에 앙숙이던 이 둘이 이렇게 힘을 합치면 애초에 저항이 무의미함을 잘 알고 있기에 재빠르게 모든 걸 포기한 초류향이다.

그는 콧등을 살짝 찡그리며 말했다.

"이러지 마, 나 땀 빼는 거 싫어."

"건강한 육신에 건강한 정신이 깃든다는 말 모르나, 친구? 어차피 곧 있으면 무예경연대회(武藝競筵大會)도 있잖아? 그에 대비해 육체를 강건하게 하러 가자."

"난 거기 순위에 드는 거 관심 없어."

"내가 관심 있네, 친구. 그러니까 함께 가야지, 우하하하."

호탕하게 웃으며 힘으로 질질 끌고 가는 팽가호와 언극린을 보며 초류향은 속으로 한숨을 내쉬었다.

단순무식해 보이고 둔해 보이는 녀석이지만 의외로 똑똑하고 민첩한 팽가호다.

반대로 한없이 가벼워 보이고 뺀질거릴 것 같은 언극린이지만, 사실 그는 더없이 날카롭고 노력가인 인물이었다.

이 둘을 친구로 삼게 된 것은 분명히 잘된 일이었지만 그만큼 희생해야 하는 부분들도 적지 않았다.

저 멀리 펼쳐져 있는 서책.

얼마 전에 어렵게 찾은 산법기술요해(算法技術了解)를 보며 초류향은 슬픈 얼굴을 해 보였다.

이제 마지막 장이 얼마 남지 않았는데 또 쓸데없는 행사가 생긴 것이다.

연무장으로 질질 끌려가며 초류향은 계속 속으로 지금의 상황을 안타까워했다.

*   *   *

"기(技, 재주)라는 것은 한 번 익혔다고 몸에 완전히 체득되는 것이 아니다. 사실 그때부터 모든 것이 시작되는 것이지. 재주라는 것은 내 몸에서 완벽하게 숙달될 때까지 천 번이고 만 번이고 지루하게 반복할 수밖에 없다. 그렇게 해야 기가 완숙되며 그때야 비로소 그 껍질을 깨고 그 너머에 있는 해(垓, 경계의 끝)에 도달할 수 있는 것이지."

강당에 서서 설명하고 있는 늙은 학자를 보다가 팽가호는 크게 공감한 얼굴로 고개를 끄덕였다.

그리고 옆에 있던 초류향에게 작게 속삭였다.

"이건 마치 본가의 어르신들이 상승무공을 풀이해 주는 것 같은

데?"

"그래?"

"산법(算法)이라는 것이 무공과 일맥상통하는 부분이 있다는 게 좀 놀랍군. 역시 아버지가 날 여기 보낸 데에는 다 이유가 있었어."

강당의 전면에서 설명하고 있는 노학자는 과거 조정에서도 산학자(算學子)로 관직 생활을 했던 조기천(朝紀天) 선생이었다.

지금은 연로하여 낙향했지만 젊었을 적 그가 가진 계산 능력은 실로 대단했다고 한다.

조정 관리 열 명이 달라붙어야 간신히 처리가 되는 문서들을 혼자 도맡아서 해결했다고 하니, 그 두뇌 회전 능력이 얼마나 엄청났겠는가?

"거기 떠드는 놈. 역시 팽가호겠지?"

"아닙니다."

팽가호가 지적받자마자 특유의 뻔뻔한 얼굴로 부정했지만 조기천 선생은 그렇게 호락호락하지 않았다.

"네 녀석 덩치에 숨기려고 해서 그게 숨겨지겠느냐? 사내답게 인정해라."

평소 사내다운 것과 의리에 목숨을 거는 팽가호였기에 조기천 선생의 지적을 받자 뼈아픈 표정을 지어 보였다.

그리고 순순히 말했다.

"예, 제가 떠들었습니다."

"그 옆에서 불행하게 희생될 녀석은 역시 초류향이겠군."

"……."

초류향은 안경을 고쳐 쓰며 얼굴을 찡그렸다.

애초에 부정할 수도 없게 상황을 만드는 것. 확실히 조기천 선생의 이 교묘한 화술은 배워 둘 만하다고 초류향은 생각했다.

"둘 다 뒤로 가서 마보세(馬步勢, 기마 자세)를 취한 채로 일각 동안 서 있도록."

"알겠습니다."

내심 '그 정도쯤이야.'라고 생각하며 자리에서 호쾌하게 일어서던 팽가호는 뒤이은 조기천 선생의 말에 얼굴을 일그러뜨렸다.

"아, 실수할 뻔했군. 팽가호 너는 반 시진 동안 서 있도록. 물론 내공은 사용하지 말고."

자기를 바라보는 또래의 아이들.

그 앞에서 사내답게 인정하고 일어섰는데 이제 와서 아니라고 내뺄수도 없었다. 때문에 팽가호는 잔뜩 구겨진 얼굴로 강당 뒤쪽에 가서 조용히 마보세를 취했다.

죽을 만큼 힘들긴 하겠지만 억지로 하려고 마음먹으면 충분히 할 수 있었다.

속으로 그렇게 필생의 각오를 다지고 있는 팽가호 옆.

초류향 역시 조용히 마보세를 취하며 한숨을 내쉬었다. 조금 전의 일에 대한 처분에는 다소간 억울한 점이 있긴 했다. 하지만 그런 걸 일일이 따져 봐야 소용이 없다는 걸 잘 알고 있었다.

애초에 이런 일이 한두 번이 아니었기 때문이다.

그는 익숙하게 마보세를 취하며 편하게 호흡을 골랐다. 그리고 조기천 선생의 수업에 조용히 정신을 집중했다.

유기산법무예학당(有技算法武藝學堂).

이 먹물 냄새 진하게 나는 이름의 학당이 바로 강북 전체를 통틀어 가장 큰 산법 학당이었다. 그 크기와 규모도 그렇지만, 초류향이 그토록 배우고 싶어 했던 산법을 제대로 가르치는 곳은 사실 전국에서 여기 한 곳뿐이라고 해도 과언이 아니었다.

그중에서도 초류향이 이곳에 입학하여 가장 관심 있게 듣고 있는 강의. 그게 바로 조기천 선생의 산법 강의였기에 아무리 힘들어도 단 한 자라도 놓칠 순 없었다.

"다른 사람에게 자신이 익힌 기(技)를 베푸는 것은 완숙되지 않은 자라도 얼마든지 가르칠 수 있다. 배우는 것 역시 마찬가지지. 하지만 그 진체(眞體)를 얻기 위해서는 정말 뼈를 깎는 노력이 필요하다. 게다가 자신이 깨달은 진체를 남에게 가르치기 위해서는 그것보다 더 힘든 과정들이 필요하겠지. 나는 부디 너희들 중 단 한 명이라도 완숙되어 해의 경지에 이르렀으면 좋겠구나."

"스승님께서는 해의 경지에 이르셨습니까?"

학생들 중 하나가 불쑥 질문하자 조기천 선생은 생각하는 듯 잠시 뜸을 들였다.

그리고 이 거짓말을 못 하는 성실한 노학자는 씁쓸한 얼굴로 입을 열었다.

"너희들 앞에 있는 나 역시 해의 경지에 이르렀다고 생각하지 않는다. 다만 너희들보다 그것에 조금 더 가깝다 할 뿐이겠지."

"평생을 산법 하나에 몰두한 스승님께서도 도달하지 못하는 경지라면 그런 경지는 없다고 봐도 되지 않겠는지요?"

꽤나 당돌하면서도 의표를 찌르는 물음이다.

초류향은 방금 전에 두 가지 질문을 했던 소년을 물끄러미 바라보았다. 그 소년은 무림 오대 세가 중 하나인 남궁세가(南宮世家), 그곳의 셋째 아들인 남궁옥빈(南宮玉彬)이었다.

남궁옥빈은 이곳 학당에서 또래의 아이들 중 가장 영민하다고 소문이 자자한 아이였다. 무예면 무예, 산법이면 산법. 문법을 비롯한 시서화(詩書畵) 모두에 능한 천재. 학당에서 가르치는 모든 과목에서 최고의 성적을 자랑하고 있었다.

남들은 훌륭한 가문에 천재적인 머리를 지닌 그를 부러워했지만 초류향의 생각은 조금 달랐다.

'얼마나 혹독하게 노력해 왔을까?'

남궁옥빈이 가진 여러 가지 뛰어난 재주들.

다른 것들은 잘 모르겠지만 적어도 그중에서 학문과 무공, 이 두 가지는 스스로 노력한 만큼 그 결과가 확실하게 나오는 것이다. 천재라고 해서 남들보다 소홀히 공부하거나 중간을 건너뛸 수 있는 그러한 것이 아니었다.

초류향이 이번에 있었던 산법 시험에서 남궁옥빈을 이긴 것은 적어도 그 분야에서만큼은 그를 넘어서는 노력을 했기 때문이었지, 결코 초류향이 산법의 천재라서가 아니다.

초류향은 그렇게 생각하고 있었다.

아무튼 허를 찌르는 질문을 받은 조기천 선생 역시 무슨 생각인지 한동안 조용히 남궁옥빈을 바라보고만 있었다.

그러다 고개를 저으며 말했다.

"해의 경지는 분명히 있다. 나는 그 경지에 이른 사람을 보았지."

"……!"

"그러니 의문을 품지 말고 정진하거라. 그리하면 너희들도 분명히 도달할 수 있을 터이니. 다른 것은 모르겠지만 산법에 있어서만큼은 너희들에게 그 길을 제시해 줄 수 있을 만큼 나 역시 많은 시간을 노력해 왔다. 그러니 어렵거나 모르는 것이 있으면 기탄없이 질문하도록 하거라."

"알겠습니다."

모두가 이구동성으로 대답하며 산법총람(算法總攬)이라 쓰인 서책을 펴고 주판을 튕기기 시작했다.

산법총람에는 셈을 조금 더 쉽게 할 수 있게 해 주는 수많은 계산식들이 적혀 있었다. 아이들은 그것들을 보며 스스로의 기예(技藝)를 연마하고 있는 것이다.

"조금 이상하군."

팽가호가 벌을 서고 있는 와중에 갑자기 작게 중얼거렸다.

그리고 초류향을 바라보며 속삭였다.

"스승님께서 말한 기(技)가 완숙된다는 것은 무공으로 봤을 땐 분명 조화경(造化境, 몸 안의 기운이 조화롭게 완성되어 무예를 펼치기 위한 최상의 몸 상태가 되는 것)의 경지를 말한다고 생각했거든?"

"그런데?"

팽가호는 세상 모든 일을 무공과 연관 지어 생각하는 버릇이 있었다.

초류향은 그것을 잘 알고 있었다. 그러나 팽가호의 그런 견해를 조금도 무시하지 않고 귀를 기울였다.

가끔씩 팽가호의 독특한 시각에서 생각지도 못할 깊은 혜지(慧智)가 번뜩인다는 것을 알고 있었기 때문이다.

"현재 강호에서 조화경의 경지를 이룬 사람은 그다지 많지 않아. 기껏해야 삼황오제칠군(三皇五帝七君) 정도가 있겠지?"

"그렇겠지."

무공에 큰 관심이 없는 초류향이지만 삼황오제칠군이라면 귀가 따갑게 들어서 잘 알고 있었다.

강호에 있는 모래알처럼 많은 무인들 중에서도 손가락에 꼽는 초인(超人)들. 이 넓은 강호를 고작 열다섯 명밖에 안 되는 절대 초인들이 쥐락펴락하고 있었다.

구주십오객(九州十五客).

강호에서는 그들이 말하는 것이 곧 법이고, 진리였다.

"근데 여태껏 무림 역사상 조화경의 경지에 이른 사람들은 있었어도, 조화경의 완숙된 경지에까지 이르러서 그 껍질을 깨고 신선의 경지라는 신입(神人)의 경지에 들어선 사람은 없었어. 뭐, 마교 놈들이 과거 마교의 개파조사였던 천마(天魔)가 신입의 경지였다고는 하는데, 그건 다 그놈들의 허황된 개소리고……. 정파 쪽에서도 소림사의 달마 대사나 무당의 장삼풍 도인이 신입의 경지가 아닐까 생각은 하지만 확실한 건 없으니까."

"음……."

"방금 스승님의 말씀대로라면 분명 해의 경지가 신입의 경지라는 것과 똑같을 거야. 그런데 직접 해의 경지에 도달한 사람을 봤다고 하셨지? 그럼 그건 재미없는 농담이 아닐까 생각해, 나는. 해의 경지란 건 상상 속에서나 가능한 경지니까."

초류향은 생각했다.

확실히 팽가호의 논리는 제법 그럴싸했다.

게다가 그답지 않게 타당성도 얼추 갖추고 있었다.

하지만 이 생각은 근본적인 부분에서부터 잘못되어 있었다.

이마를 비롯해서 얼굴 전체에 흐르는 흥건한 땀 때문에 밑으로 내려간 안경을 고쳐 쓰며 초류향이 낮게 중얼거렸다.

"내가 아는 한 스승님은 농담을 모르시는 분이다."

"야, 그래도 이건 말이 안 되는 이야기잖아?"

"팽가호, 여기서 내가 하고 싶은 말은 그게 아니야."

"그럼 뭔데?"

초류향은 정면을 보고 있던 고개를 옆으로 슬쩍 돌렸다. 그러자 턱을 따라 흘러내리는 땀이 느껴졌다.

"너와 내가 떠들고 있다는 것을 스승님께서 아까부터 보고 계시다는 말을 하고 싶었다."

팽가호가 그제야 굳은 표정으로 고개를 정면으로 돌렸다.

그러자 특유의 무덤덤한 얼굴을 하고 있는 조기천 선생이 눈에 들어왔다.

그와 시선이 마주치자 조기천 선생이 느릿하게 입을 열었다.

"네 옆에 있는 친구의 말대로 나는 농담을 별로 좋아하지 않지. 그런 실없는 이야기는 학문 정진에 그다지 도움이 되지 않으니까."

팽가호는 억지로 웃어 보였다. 최대한 선량하게. 하지만 스승의 표정은 여전히 무덤덤했다.

괴로운 일이었지만 스승은 그들이 하는 대화를 아까부터 듣고 있었던 모양이다.

'젠장, 고상한 선비답지 못하게 제자들이 소곤대는 대화나 엿듣고.'

팽가호가 속으로 투덜거리며 욕하고 있을 때 조기천 선생이 다시 입을 열었다.

"처음부터 엿들으려고 한 게 아니라 들린 것이다. 네가 좀 크게 떠들어야 말이지."

속마음이 들키자 팽가호는 뜨악한 얼굴을 해 보였다.

'귀신 같은 늙은이!'

독심술이라도 쓰는 것일까?

어떻게 저렇게 정확하게 파악해서 말을 할 수 있을까?

팽가호가 오만 가지 상념에 잡혀 있을 때 초류향은 일찌감치 포기한 얼굴로 순순히 스승의 처분을 기다렸다.

조기천 선생은 가만히 생각하다가 입을 열었다.

"초류향은 그만 들어오고 팽가호는 반 시진을 추가해서 마보세를 취하도록."

"스, 스승님. 설마 여기서 반 시진을 더 추가해서 말입니까?"

팽가호가 죽을상을 한 채 비명처럼 소리치자 조기천 선생은 아무렇지도 않은 얼굴로 고개를 끄덕였다.

"나는 농담을 하지 않지. 그러니 계속 수고하게."

第二章

월인삼라산법술해
(月刃森羅算法術解)

　조기천 선생의 산법 강의가 끝난 뒤, 초류향은 다리 아프다고 칭얼거리는 팽가호를 내버려 둔 채 곧장 서가로 찾아갔다.

　입구에서 간단하게 신원 확인을 한 후에 건물 안으로 들어서자 익숙한 종이 냄새와 함께 오래된 먹물 냄새가 코끝을 스쳤다.

　역시 여기는 한산했다.

　이 넓은 서가 안에는 초류향을 제외하고 아무도 없었다. 그리고 초류향은 이런 한적함을 좋아했다.

　이곳 유기학당의 서가에는 아직도 초류향이 읽지 못한 산법책들이 가득했고, 그것들을 읽는 것이 현재 초류향이 가진 유일한 낙이자 매일의 일과였다.

　아주 어릴 적부터 초류향은 계산이라든가 셈하는 것이 참으로 좋았다. 게다가 집안도 표국업을 하다 보니 자연스럽게 산법과 만났고, 천성에 딱 맞았다.

정확한 계산식을 대입하면 어떤 문제든 항상 확실한 답이 나온다. 이 얼마나 매력적인 일인가? 팽가호나 언극린 같은 이들이 들으면 기겁하겠지만 초류향에게 있어서 산법이란 끊임없이 즐거움을 주는 매력적인 학문이었다.

오늘도 서가에 꽂혀 있는 수많은 책들을 바라보면서 초류향은 행복한 듯 눈빛을 반짝이고 있었다.

그러다 서가의 제일 구석진 곳. 산법 분야의 책들이 빽빽하게 꽂혀 있는 책장의 제일 귀퉁이를 바라보며 고개를 갸웃거렸다. 굉장히 낡은, 그래서 누렇게 색이 바래 있는 한 권의 책이 앞으로 조금 삐죽 나와 있는 것이 보였기 때문이다.

가까이 가서 꺼내어 보았다.

월인삼라산법술해(月刃森羅算法術解)(上)

요란한 이름의 책이었다. 게다가 한 번도 들어 본 적이 없는 책이었다.

'원본인가?'

보통 이렇게 오래되거나 관리가 안 된 서적은 다른 누군가가 필서(筆書, 써서 옮김)를 해서 사본으로 갖다 놓았다.

이곳에 있는 대부분의 책이 그랬다. 원본들은 대개의 경우 너무 오래전에 써진 것들이라 읽기도 어려울뿐더러 파손될 위험이 크기 때문에, 그대로 이곳에 놔두는 일이 거의 없었다. 서가에는 주로 전문 필서가가 옮겨 놓은 사본들이 놓여 있었다. 오랜 시간 사람의 손때가 묻은 책은 여기에서 본 적이 없었다.

그래서 호기심이 생겼다. 제법 희귀한 물건을 발견하게 된 것이다.

바로 바닥에 자리를 잡고 앉았다. 그리고 행여나 찢어질지도 모른다는 생각에 조심스럽게 책의 첫 장을 열었다.

내 생에 인연이 없어 전하지 못했던 것을 다음 생의 누군가와 닿기를 바라며 이렇게 책으로 남긴다.

책의 서장 부분이었다. 상당히 깔끔한, 그러면서도 유려한 필체가 제일 먼저 눈에 들어왔다.

세상에 존재하는 모든 크기에 대한 기준은 인간이 만든 것이다.

그리고 그 기준을 바탕으로 상대적인 크기와 양을 가늠한다.

도량형(度量衡, 길이, 무게, 크기들을 잴 때 필요한 단위)이나 측량법(測量法), 척관법(尺貫法) 등등의 용어가 바로 그것이며, 이 모두가 세상의 일부분을 인간이 알 수 있게 공통적인 기준을 제시하고 그것에 맞게 측정하는 방법들이다.

상당히 재미있는 내용이었다. 그리고 이미 어느 정도 초류향도 알고 있는 내용.

예로부터 치수(治水)와 도량을 소홀히 하지 않는 것은 훌륭한 황제가 가져야 할 필수 덕목이 아니었던가? 나라를 운영하는 데 있어 가장 근본적인 부분이었다. 그래서 그것에 관한 서적들도 많았기에 초류향도 자세하게 아는 것은 아니지만 어느 정도는 알고 있었다.

초류향은 다음 장으로 서적을 넘겨보았다.

그래서 나는 생각했다.

이 세상 모든 것에 대한 도량을 잴 수 있다면 그것을 수(數)로 표현할 수도 있지 않을까?

그렇다면 이 세상을 이루고 있는 삼라만상(森羅萬象)을 숫자로 표현하는 것도 가능하지 않을까?

숫자로 세상을 표현한다고? 초류향의 눈동자가 크게 흔들렸다.

말도 안 되는 소리다.

궤변(詭辯).

본래대로라면 여기까지만 읽고 책을 덮었어야 했다. 하지만 얼토당토않은 내용에 비해 이 글에는 묘한 설득력이 있었다.

잠시 생각하던 초류향은 다시 뒷장으로 책을 넘겼다.

남들은 내 이론을 단순히 미친 소리로 치부했다.

초류향은 서책을 읽다가 뜨끔한 얼굴을 해 보였다. 자신도 사실 반쯤 미친 소리라고 생각하지 않았던가?

이론은 공감하지 않아도 글을 상당히 재미있게 서술했기에 참고 읽는 중이었다.

하지만 신경 쓰지 않는다.
어느 시대건 선각자들은 배척받고 오해받는 법이었으니까.

글쓴이의 자존심과 오만함이 느껴지는 대목이었다.

아무튼 최초의 인간은 도량을 재고 평가하는 일에 인간의 몸을 그 표준으로 삼았다.
손가락 한 마디의 크기나, 손바닥 하나의 크기. 혹은 팔 전체의 길이 등등, 인간의 신체를 기준으로 해서 크기의 표준이 만들어졌다.
하지만 인간의 신체라는 것이 저마다 다르고 일정하지 않았기에 좀 더 정확하게 그 도량을 측정할 수 있는 것이 필요했다.
그러한 필요에 의해 저울이라는 도구가 만들어진 것이다.

맞는 말이었다.
초류향은 속으로 이 부분에는 동의하며 다시 다음 부분을 읽었다.

따라서 그 기준이 조금만 변해도 이 세상은 크게 바뀌게 될 것이다.
생각해 보라, 저울 눈금의 크기가 지금보다 더 크게 벌어지거나 일 척의 기준이 지금보다 두 배로 늘어나면, 세상을 재는 단위나 가치가 지금과는 달라질 것이 아닌가?

초류향은 곰곰이 생각해 보았다.
확실히 크기나 무게, 길이 등을 재는 단위가 지금과 다르다면 세상은 지금과는 조금 다른 모습으로 흘러갔을 법도 했다.

내가 후대의 인연자에게 하고 싶은 이야기의 요지는 바로 그것이다.
사람들마다 생김새도 다르고, 성격도 다르고, 취향도 다르다.
하지만 그렇기에 누구나 다 표준이 될 수 있는 것이다.
사람마다 다 다른 각자의 표준.
그것을 기준으로 세상을 보면 이 세상을 저마다의 숫자로 표현할 수 있게 된다.
그리고 나는 그것을 해내었다.

그것을 해내었다고?
그게 무슨 말일까?

난 세상을 숫자로 보았다.
그러자 모든 것이 달라져 보였다.
이 세상의 모든 난제들이 한순간에 이해가 되었고, 모든 법칙들이 한 번 보는 순간 다 이해가 되었다.

평소라면 할 수 없었던 것들도 한순간에 다 할 수 있게 되었다.

한 걸음에 십 리, 이십 리를 갈 수 있는 축지법(縮地法)도 쓸 수 있게 되었고, 발을 굴리면 저 하늘 높은 곳까지 구름처럼 몸을 날릴 수 있었다.

손끝으로 비바람도 부릴 수 있게 되었으며 하늘 아래 모든 천지조화(天地調和)가 내 손안에 있었다.

한순간에 초월자가 된 것이다.

초류향은 잠시 고민했다.

여기까지 읽은 것만으로도 이미 충분하지 않을까? 미친 소리가 재미있어서 읽긴 했지만 이 이상은 위험하지 않나 싶었다. 무언가 글쓴이의 흥분이 전해져 오는 것 같았기 때문이다.

하지만 결국 초류향은 책을 덮지 못했다. 뒷부분에 뭐라 써 놓았는지 궁금했기 때문이다.

이 능력에는 끝이 없을 줄 알았다.

하지만 전혀 엉뚱한 곳에서 한계에 부딪쳤다.

그것은 바로 내가 깨달은 것을 다른 이들에게 전파하는 일이었다.

이것은 아무리 내가 초월자가 된 존재라도 무척 어려운 일이었다.

아무도 내 설명을 제대로 이해하지 못했기 때문이다.

절망했다.

그리고 나는 그 이유를 몇십 년이 지나고 죽기 직전이 되어서야 이해할 수 있었다. 사람들은 저마다 그 기준이 달랐기에, 내가 깨달은 것을 바탕으로 하면 나와 똑같은 인간을 제외하면 아무도 깨달을 수 없다는 사실을.

그 사실을 나는 너무 늦게 알아채 버렸다.

초류향은 이제 담담한 얼굴로 책장을 넘겼다.

왜 이런 허황된 이야기가 산법책으로 분류되어서 여기에 꽂혀 있었을까?

아마 제목에 산법이라는 단어가 들어간다는 사실 하나만으로 여기에 분류되어 꽂혀 있었던 모양이다.

죽기 전에 깨달은 그 사실을 그냥 보내기 아쉬워 이렇게 글로 남겨 놓는다.

후대에 인연이 있는 자가 이것을 읽고 초월자가 될 수 있을지 없을지는 확신할 수 없지만 그래도 한 가닥 기대를 걸고 그 방법을 남긴다.

뒷장으로 넘기자 종이 한가득 온통 빽빽하게 숫자들이 적혀 있었다.

그제야 초류향은 알 수 있었다.

이 책이 원본으로밖에 존재하지 못했던 이유, 그것은 바로 이 숫자들 때문이었다.

이 숫자들이 무엇을 의미하는지 모르는 이상 함부로 필사해서 옮겨 적을 수가 없었을 터.

아무 생각 없이 그 숫자들을 보고 있는데 갑자기 눈앞에서 놀라운 일이 벌어졌다.

"어?"

숫자들에는 일정한 규칙이 있었다.

그것을 깨닫자 갑자기 눈앞의 시야가 크게 흔들렸다.

아니, 정확하게는 눈앞이 핑 돈다고 해야 할까?

"어라?"

초류향은 잠시 안경을 벗고 눈을 문지른 후 다시 책을 보았다.

그리고 경악했다.

종이에 적혀 있는 숫자들이 갑자기 몇 번 꾸불꾸불하는 것 같더니 곧장 하나로 섞이기 시작했다. 그것을 눈을 부릅뜨고 보고 있는데 하나로 섞인 숫자들이 곧장 어떤 형상을 갖추며 눈앞에 나타났다.

고집 세고 차가운 인상의 노인.

초류향은 혼란스러워졌다.

분명 조금 전까지 숫자들이 적혀 있었던 종이가 아니었던가? 그런데 왜 지금은 뜬금없이 숫자가 그림으로 바뀐 것인지 알 수가 없었다.

그리고 더 놀라운 것은 그다음에 벌어졌다.

노인의 그림으로 변한 숫자가 갑자기 말(言)을 하기 시작했던 것이다.

[동태 눈깔을 가진 놈들은 보물을 봐도 알아보지 못할 텐데, 이것을 제대로 파악했다면 너에게도 이쪽 분야에 상당한 재능이 있다는 말이

되겠지.]

"……."

초류향이 너무 놀라서 입을 헤, 하고 벌린 상태로 그 그림을 바라보고 있을 때 그림이 다시 말했다.

[후대의 애송이에게 내 이론을 알기 쉽게 풀어 써 주느라 꽤나 힘들었지만 어찌 되었든 성공한 모양이군. 너는 이것을 보았으니 내 깨달음을 받아 갈 자격이 있다.]

일순 그림 속의 노인이 시선을 돌려 초류향을 뚫어져라 바라보았다.

그 시선이 묘하게 생동감이 넘쳐서 초류향은 오싹하고 소름이 돋았다.

[애송이, 너는 내 깨달음을 받아 보겠느냐?]

초류향은 그 순간 깨달았다.

이건 단순한 그림이 아니었다. 그림 속의 노인은 실제로 살아 있었다.

아니, 정확하게는 정신만 살아남아 과거 노인의 모습 그대로를 책 속에 남겨 놓았던 것이다.

그저 단순히 요술(妖術)이라 하더라도 엄청난 것일 텐데 노인의 말대로라면 이것은 산법이 아닌가?

노인은 아무 말도 없이 초류향을 응시하고 있었다.

그 무거운 시선에 초류향은 잠시 생각을 하다가 입을 열었다.

지금 자기 자신이 미친 것인지 아닌지 확신이 잘 서지 않았다.

하지만 어찌 되었건 이런 일은 신중해야 했다.

노인의 질문에 대답하기 전에 우선적으로 짚고 넘어가야 할 문제가 있었다.

"후대의 제자가 아둔하여 눈앞의 고인(高人)이 어떠한 분인 줄 모르기에 묻겠습니다. 실례지만 존성대명(尊姓大名)을 가르쳐 주실 수 있으십니까?"

책에다 대고 이렇게 정중하게 이름을 묻는 것도 웃긴 일이었지만 지금 초류향은 몹시 진지했다.

단순한 짐작이지만 이런 엄청난 조화를 부릴 수 있는 능력을 지닌 사람이라면 분명 흘러간 역사 속에 한 번쯤은 그 이름을 남겼으리라고 생각했던 것이다.

그렇다면 그 인물에 대한 정보를 어느 정도는 알고 있어야 차분하게 대응할 수 있기에 이 질문은 반드시 해야 하는 질문이었다.

다행히 초류향의 질문에 대한 답은 곧장 돌아왔다. 그림 속의 노인이 피식 웃으며 입을 열었기 때문이다.

[내 이름은 량(亮), 성은 복성으로 제갈(諸葛)을 쓴다.]

초류향은 멍한 얼굴을 해 보였다.

그림 속 노인은 짐작보다 더 대단한 사람이었다.

제갈량(諸葛亮).

그가 알고 있는 촉한의 명재상이었던 와룡(臥龍) 제갈공명(諸葛孔明) 과 같은 이름이 아닌가?

'이거 미친 놈 아냐?'

초류향은 자기도 모르게 그렇게 생각하고 말았다.

제갈공명.

나관중이 집필한 삼국지연의(三國志演義)를 보면 촉한의 승상 제갈공명은 역사에 첫 등장할 때부터 그 분위기며 재능이 범상치 않게 묘사된다.

삼고초려(三顧草廬, 유비가 제갈량을 얻기 위해 세 번 찾아감)로 시작하여 읍참마속(泣斬馬謖, 군기를 세우기 위해 제갈량이 아끼던 마속을 베어 죽임), 사공명 주 생중달(死孔明 走 生仲達, 죽은 공명이 산 중달을 물리침) 등등의 유명한 고사성어가 모두 그에게서 나왔다.

역사적으로나 현실적으로나 엄청난 업적들을 쌓은 인물이 아닌가?

대부분이 그의 뛰어난 지략에 관한 이야기 위주였지만, 그에게는 지략 이외에도 여러 가지 신비로운 능력에 대한 소문들이 나돌았다.

사실상 제갈공명이 천하삼분지계를 완성할 수 있었던 전투인 적벽대전(赤壁大戰)에서 보면, 그가 전투에 앞서 하늘의 천문을 읽은 뒤 바람의 방향을 바꿔 승리를 쟁취하는 부분이 나온다.

또, 그가 고안하여 만든 팔진도(八陣圖)에 오나라의 지략가 육손이 갇혀 죽을 고비에 처했었다든가 하는 부분도 있다.

다소간의 과장이 있다고 치더라도, 이렇듯 그에게 무언가 특별한 힘이 있다고 암시하는 부분들이 종종 나왔다.

그랬기에 죽은 지 몇백 년 된 인물이지만 제갈공명이라는 이름의 무게감은 결코 가볍지 않았다.

때문에 초류향은 반신반의하면서도 되묻지 않을 수가 없었다.

"정말 촉한의 승상이었던 그 제갈무후가 맞습니까?"

초류향의 질문에 그림 속의 차갑고 오만한 노인의 얼굴에 처음으로 표정 변화가 생겼다.

그것은 어떤 깊은 회한이 담긴 얼굴이었다.

[맞다. 내가 촉한의 제갈공명이다.]

본인이 맞다고 시인했지만 쉽사리 믿기는 어려웠다. 초류향이 짐작했던 것보다 더 엄청난 거물이었던 것이다.

아직 미심쩍은 부분이 남아 있지만 일단 지닌바 능력은 진짜인 듯하니 믿는 척하기로 했다.

"후대의 제자에게 승상께서 가르침을 내려 주시길 바랍니다."

[이미 죽어 버린 내가 너에게 승상이라 불릴 이유가 없다만. 뭐, 상관없겠지.]

하나 말과는 달리 노인은 기분이 좋은 듯 초류향의 호칭이 애송이에서 너로 승격되어 있었다.

그러다 곧 평소의 오만한 표정으로 돌아가 손에 들고 있던 섭선으로 입을 가리며 말했다.

[나는 과거에도 그랬고 지금도 그렇지만 재능 있는 놈을 좋아한다. 네 인성이 어떠한지까지는 알 수 없다만 너의 재능만은 확실히 탐나는 것이구나. 그리고 그것으로 충분하다. 자, 이제 내 필생의 깨달음을 받아 보거라.]

책 속에서 갑자기 밝은 빛이 흘러나왔다.

초류향이 그 심상치 않은 느낌에 움찔 몸을 떨었으나 그것은 점차 오색찬란한 빛깔로 바뀌더니 찬란한 서기(瑞氣)가 되어 초류향의 전신을 감싸 버렸다.

"이, 이게 무슨?"

엄청난 열기와 더불어 어마어마한 양의 지식이 파도처럼 초류향의 의식을 덮쳐 왔다.

누군가가 억지로 머리를 열고 거기에 지식이라는 것을 들이붓는 듯한 느낌.

머리가 쪼개질 듯한 통증을 느끼며 초류향이 의식을 잃어 갈 때, 그림 속 노인의 담담한 음성이 들려왔다.

[내가 지금 너에게 보여 주는 것은 기(技)도 아니고, 예(藝)도 아니다. 하늘이 허락한 삼라만상의 진리(眞理) 그 자체이니 아직 어린 네가 당장 받아들이기는 어려울 것이다. 하나 그것은 네 몸 안에서 시간이 지날수록 서서히 깨어날 것이니 조급해하지 마라.]

그 말을 끝으로 초류향은 의식의 끈을 놓아 버렸다.

정신을 잃은 것이다.

감당할 수 없는 너무 엄청난 양의 정보가 머릿속에 강제로 쑤셔 넣어졌다.

아직 채 완성되지 못하여 미숙한 초류향의 육신은 그 많은 정보를 감당하기 어려웠던 것이다.

그림 속의 노인은 쓰러져 있는 초류향을 물끄러미 바라보고 있었다. 그리고 나직하게 말했다.

[나는 앞으로 너를 통해 세상을 볼 것이다.]

제갈공명이라 밝힌 노인. 그는 갑자기 책 속에서 쑤욱, 하고 걸어 나오며 쓰러져 있는 초류향을 한 번 바라보았다.

그동안 수많은 사람들이 자신이 써 놓은 책을 보았지만 이렇듯 산법의 핵심을 제대로 이해하고 자신을 현실화시킬 수 있는 놈은 단 한 명도 없었다.

하늘이 허락한 재능.

자신과는 다른 형태겠지만 그러한 것이 이 꼬마에게도 있는 모양이다.

[이 꼬마에게 기대를 걸어도 되는 것인지 모르겠군.]

과거 노인의 능력은 실로 초월적이라는 말로도 부족할 정도로 엄청났다.

그런 그가 이 세상에 남겨 놓은 힘 역시 대단한 것이었다.

하나 그 대단한 노인조차도 이 힘이 한낱 어린아이 손에 들어가게 될 거라고는 예상 못 했었다.

[그래서 재미있는 것이겠지만…….]

앞일을 예측할 수 없다는 것.

그것 역시 의미 있는 유희가 아니겠는가?

[앞으로가 기대되는구나.]

최후의 무언가를 결국 보지 못하고 죽었다.

손에 닿을 듯 가까이 왔었지만 허락된 수명이 그것밖에 되지 않아 볼 수 없었다.

아쉬움이 남았다.

그랬기에 이런 짓을 한 것이다.

육체를 벗어나 정신만 후대에 남겨 놓는 이런 말도 안 되는 짓을.

평생에 단 한 번 부려 보는 고집이었다.

*   *   *

초류향이 정신을 차린 것
은 정확히 열흘 뒤였다.

눈을 뜨자 제일 먼저 그의
눈에 보인 것은 주름 가득한
늙은 노복(老僕)의 얼굴이었
다.

"……으어억!"

"저, 정신이 드셨습니까,
도련님?"

초류향은 멍한 얼굴로 주
변을 둘러보았다.

머릿속이 극도로 혼란스
러웠다. 흙탕물처럼 뿌옇게
흐려져 있는 사이사이로 알 수 없는 지식들이 가득했던 것이다.

전에는 알지 못했던 새로운 지식들. 열심히 그것들을 머릿속으로 차
곡차곡 정리하고 있을 때.

늙은 노복이 갑자기 밖으로 후다닥 뛰어나갔다. 그리고 잠시 후 소
란스러운 소리와 함께 덩치 큰 소년이 방 안으로 들어왔다.

팽가호였다.

"이놈아, 이제 일어난 거냐?"

그는 들어오자마자 침상 옆에 의자를 가지고 와 앉더니 초류향의 얼
굴을 바라보며 입을 열었다.

"다행히 당장 죽을 것 같지는 않군."

초류향은 피식 웃었다.

팽가호는 모르겠지만 지금 초류향은 지극히 건강했다.

아니, 오히려 몸 안에서 알 수 없는 힘이 꿈틀거리며 밖으로 튀어나가려는 것을 가까스로 억누르고 있는 중이었다.

"내가 며칠이나 누워 있었던 거지?"

"열흘이다, 이 미친놈아."

"열흘?"

"사람 걱정이나 시키고, 너 때문에 장 노인이 얼마나 걱정했는지 아냐? 아마 너희 집에도 연락을 보냈을 거다. 중간에 껴서 마음고생 엄청하겠구만."

초류향은 무안한 얼굴을 해 보였다.

할아범.

장 노인은 본가에서부터 이곳까지 따라와 그의 모든 뒷수발을 들어준 고마운 사람이다.

집안의 아주 오래된 가신이었기에 비록 하인과 주인의 신분이었지만 초류향은 할아범에게 각별한 감정을 가지고 있었다.

그런 사람이 아마도 자신 때문에 본가에서 문책당할 수도 있을 거라 생각하니 미안한 마음이 들었다.

"내가 잘 말해 볼게."

"너도 인간이면 당연히 그래야지. 장 노인이 나도 부르고 의생도 부르고 아주 난리를 피웠어. 너 하나 살리겠다고."

"그렇게까지 했나?"

초류향은 무안한지 슬며시 고개를 돌리며 상체를 일으키려했다. 그러자 팽가호가 힘으로 그것을 저지하며 말했다.

"그냥 누워 있어. 열흘 동안이나 열에 들떠 누워 있었으니 지금 당장 움직이면 근육들이 놀랄 거다."

"……그래. 그럴지도 모르겠네."

생각해 보니 지금 당장은 몸 안에서 일어나고 있는 변화들을 알아둘 필요가 있었다.

한데 조금 신기했다. 그냥 잠깐 누웠다가 일어난 것 같았는데 벌써 열흘이나 지나 있다니?

"서가에 쓰러져 있는 널 발견하고 얼마나 놀랐던지……. 그거 아냐?"

"뭐?"

"유기학당 역사상 서가에서 책 읽다 과로로 쓰러진 놈은 네놈이 최초란다, 최초."

초류향은 쓰게 웃었다.

할 말이 없었기 때문이다.

"괜한 걱정을 시켰네."

"젠장, 책이 아무리 좋아도 그렇지, 어떻게 그런 곳에서 쓰러지냐? 정말 이해가 안 되는 놈이다, 너는."

과로로 쓰러진 게 아니었지만 굳이 입을 열어서 상세히 설명할 생각도 없었다.

아직 초류향 본인조차도 그때 있었던 일이 현실인지 착각인지 헷갈렸기 때문이다.

"쉬어, 난 이제 의생을 불러 주고 가 볼게."

"그래."

밖으로 나가려던 팽가호는 잠시 문 앞에서 머뭇거렸다.

그리고 약간 망설이며 입을 열었다.

"……걱정 좀 끼치지 마라, 이놈아. 허약해 가지고는."

"……."

초류향은 아무런 대꾸도 해 줄 수 없었다.

이유는 알 수 없었지만 팽가호의 마음이 따스하면서도 한편으로 굉장히 무겁게 다가왔기 때문이다.

잠시 후 의생이 들어와서 이것저것 진맥을 하고 약을 챙겨 주고 나간 후에야 비로소 초류향은 혼자 있을 수 있게 되었다.

'이건 뭘까?'

몸 안에서 무언가가 엄청나게 변화하고 있었다.

정말 책에 적혀 있었던 대로 초월적인 힘을 얻었다든가 어떤 엄청난 조화를 부릴 수 있게 된 것일까?

거기까지 생각이 미치자 머릿속이 복잡했다.

초류향은 예전부터 남들보다 합리적이고 이성적인 것을 본인이 가진 최대의 강점으로 생각해 왔다. 그런데 정작 본인이 말로는 설명하기 어려운 어떤 초현실적인 힘을 얻었다고 생각하니 마음이 심란해진 것이다.

그리고 가장 마음에 걸리는 부분은 사실 이러한 것이 아니었다.

'뭐지?'

아까부터 머릿속으로 무언가 의문이 떠오르기가 무섭게 누군가가 그것에 대해 알기 쉽게 설명을 해 주었다.

마치 머릿속에 있는 어떤 알 수 없는 존재가 초류향의 질문을 듣고 차근차근 설명해 주는 것 같은 느낌.

그것은 신기한 경험이었다. 의문이 떠오름과 동시에 답도 같이 생각났다.

이건 확실히 이상했다.

초류향은 눈을 감았다. 그러자 기다렸다는 듯이 누군가의 영상이 머릿속에 뚜렷하게 떠올랐다.

'그림 속의 그 노인!'

노인이 특유의 오만한 얼굴로 초류향을 바라보고 있었다.

역시 머릿속에서 들렸던 설명은 모두 노인이 해 주었던 것이다.

[애송이, 이제 정신이 들었더냐?]

음성이 아니라 머릿속으로 직접 그 뜻이 주입되는 특이한 말이었다.

초류향은 잠깐 머뭇거린 끝에 입을 열어서 대답했다.

"예, 승상."

노인이 피식 웃었다.

[내 신분이나 이름을 믿고 있지도 않으면서 잘도 거짓을 말하는구나.]

노인의 말에 초류향은 얼굴이 빨개졌다.

머릿속에 들어와서 그런지 초류향의 생각을 다 읽고 있는 모양이다.

이렇게 되면 상대에게 거짓을 말할 수가 없다.

곤란한 일이다.

"솔직히 믿기 어려운 일이라……."

초류향은 '뻥치지 마!'라고 말하고 싶은 것을 머릿속에서 재빨리 지웠다.

의외로 노인은 거기에 그다지 신경 쓰지 않는 얼굴이었다.

[됐다. 사람의 신분이나 이름은 사실 쓸데없는 허울일 뿐이지. 아무튼 아직은 이렇게 의식을 형상화해서 말할 수 있는 시간이 너에게 그다지 길지 않을 거다.]

아직은? 그렇다면 나중에는 길게 말할 수도 있다는 건가?

그런 의문이 들자마자 노인이 즉각 대답했다.

[좋은 질문이군. 맞다. 네 녀석 생각대로 나중이라면 오래 이야기를 나눌 수도 있겠지. 하지만 그건 말 그대로 나중의 일이다.]

굳이 입을 열어 질문하지 않았는데 생각을 읽고 노인이 대답했다.

이건 꽤나 편리한 방식이었다.

[네 육체가 아직 완성되지 않아서 내가 준 능력을 펼치기에는 다소 불편한 점이 많겠지만 할 수 없는 일이겠지.]

어떤 능력들이 있는 것일까?

초류향이 또 그런 의문을 떠올리자마자 노인이 대답했다.

[궁금하더냐, 애송아?]

당연히 궁금했다.

책에 적혀 있던 대로라면 축지법을 쓰고 하늘을 날아다닐 수 있는 그런 능력이 아닌가?

사실이라면 살아가는 데 큰 도움이 될 것 같았다.

그런 생각을 읽었음일까?

노인의 얼굴이 퉁명스러워졌다.

[어린놈이 도둑놈 심보가 대단하구나. 애송아, 어찌 그런 것을 거저

얻으려 하느냐? 네놈이 앞으로 얼마나 열심히 수양하느냐에 따라 발휘할 수 있는 능력이 다를 것이다.]

그럼 지금은 아무런 능력도 없는 건가?

초류향의 얼굴에 노골적인 실망감이 떠올랐다. 그러자 노인이 의미심장하게 웃으며 말했다.

[그래도 애송이치곤 제법 산법의 기초를 잘 닦아 놨더구나. 밖에 나가 보면 지금까지와는 다른 새로운 세상이 보일 것이다.]

무슨 의미일까?

초류향은 점차 피곤함을 느끼고 서서히 잠이 들었다.

그 모습을 보던 노인이 작게 투덜거렸다.

[아직은 여기까지가 한계로군. 의식을 형상화하는 데 너무 많은 정신력을 소모하는 편이다.]

만족스럽진 않지만 어쩔 수 없었다.

이런 녀석이라도 얻은 것이 어디인가? 앞으로 차분히 가르쳐서 쓸만하게 만들면 될 것이라 생각했다. 지금보다 나중이 더욱 기대되는 녀석이었다.

                    *   *   *

"알아봤냐?"

"예. 한데 생각보다 일이 조금 번거롭게 되었습니다. 교주님."

"왜?"

"교주님께서 찾으시는 산법의 일인자는 공교롭게도 황실에 있다고 합니다.”

“황실?”

“그렇습니다, 교주님.”

커다란 대전.

중앙에 화려하게 장식된 태사의가 있고 그곳에는 호리호리한 체구의 중년 사내가 앉아 있었다.

다소 장난기가 있어 보이는 얼굴에 순해 보이는 인상. 하나 그의 실체를 안다면 누구도 중년 사내를 우습게보지 못할 것이다.

그가 바로 현 천마신교(天魔神敎)의 교주(敎主)이자 현 무림을 쥐락펴락하는 열다섯 명의 초인 삼황오제칠군 가운데 하나였다.

그들 중에서도 최고라 손꼽히는 삼황(三皇). 그리고 중년 사내는 바로 삼황의 하나인 암흑마황(暗黑魔皇) 공손천기(公孫天器)였다.

“젠장, 진짜 번거롭게 됐군.”

공손천기는 아쉬운 듯 입맛을 다셨다.

그 모습에 보고를 올리고 있던 혈의인이 신중하게 말했다.

“속하가 직접 움직인다면 데려올 수 있나이다.”

“얼레? 황궁 담이라도 넘게?”

“명하신다면 언제든지 가능합니다.”

혈의인이 충심 어린 목소리로 대답하자 잠시 고민하던 공손천기는 고개를 저었다.

“아니야, 됐어. 무리하지 말자. 아직은 되도록 황실과 엮이지 않는 편이 좋아.”

공손천기는 아쉽지만 포기했다.

다른 방법이 없는 것도 아니니까.

"차선책은? 가져왔겠지?"

혈의인은 곧장 대답했다.

"그렇습니다."

"누구지?"

"황실에 있는 산법의 일인자인 주호유(周虎柳)라는 자를 제외하고 최고라 손꼽히는 자는 이번에 주호유에 밀려 낙향한 조기천이라는 자로서, 현재 그가 가장 유력합니다."

"조기천? 그놈은 어디 있는데?"

"지금 유기산법무예학당이라는 곳에서 아이들을 가르치고 있습니다."

"유기산법무예학당? 그건 또 뭐야?"

"산서 지방에 있는 학당입니다. 명문 세도가의 자제들을 위해 만들어진 학당으로 그 규모가 중원 최고로 알려진 곳입니다."

"그래? 근데 왜 난 처음 듣지?"

공손천기가 고개를 갸웃거리자 혈의인이 재빨리 말했다.

"산서 지방의 학당이기도 하고 무림과는 별다른 인연이 없어 보고가 올라가지 않은 모양입니다. 사실 학문으로는 유명하지만 가르치는 무예는 졸렬한 수준이라 본 교가 신경 쓰지 않은 점도 있습니다."

"그렇군. 그럼 그놈으로 하자. 만만해 보이네."

"조기천을…… 데려오면 되겠습니까?"

"그래. 그놈이 적당해 보이는군. 낙향했으니 할 일도 없겠다, 데려와서 이번 일에 써먹으면 딱이겠다."

공손천기는 만족스럽다는 얼굴을 해 보였다.

"그 녀석 정도면 그 진법을 파훼할 수 있겠지?"

"진법보다는 그것을 감싸고 있는 요상한 수식들을 해결해야 하기 때문에 그가 필요한 것입니다. 아마도 그 정도의 실력자라면 충분히 해결할 수 있을 것입니다."

"빌어먹을. 본 교에 이렇게 인재가 없을 줄은 몰랐네. 외부에서 사람을 구해다가 써야 할 줄이야."

혈의인은 공손천기의 투덜거림에 송구하다는 얼굴을 해 보였다.

"조기천인가 뭔가 하는 놈은 언제까지 데려올 수 있어?"

"속하가 직접 가서 데려오면 한 달 내로 데려올 수 있습니다."

"그래도 혹시 모르니까 도와줄 애들 몇 명 데리고 가. 가기 전에 네가 맡은 다른 일들은 삼비(三秘) 녀석에게 인수인계해 주고."

"그렇게 하겠습니다."

"너도 잘 알겠지만 이번 일은 최대한 빨리 해결해야 돼. 아무래도 본 교의 영역 바깥에서 벌이는 일이니까. 무슨 말인지 알지?"

"존명."

혈의인이 오체투지한 후 자리에서 사라지자 공손천기는 한숨을 내쉬며 말했다.

"겸아, 넌 어떻게 생각하냐?"

『송구스럽지만 무엇을 말씀하시는 것이온지…….』

"내가 고작 무공 비급 하나 때문에 지금 이 생난리를 피우는 것에 대해서 너는 어떻게 생각하냐는 거야."

『그만한 가치가 있는 물건이 아니옵니까?』

"가치는 무슨. 무공이라는 게 별거냐? 익히는 놈에 따라 천차만별인데."

어둠 속에 숨어 있는 인물.

교주 직속 호위대인 마라천풍대(魔羅天風隊)의 대주 임학겸(林鶴謙)은 교주의 말에 쓴웃음을 지었다.

천하제일이라고 불러도 될 정도의 무공을 지닌 교주다.

그런 그가 무공이 별거 아니라고 치부하니 딱히 대꾸할 말이 없는 것이다.

"에휴, 내가 이 나이에 무슨 영광을 더 보겠다고. 비급 하나 때문에 이리저리 머리 굴리고 몸도 움직이고, 피곤해 죽겠다. 이러다 진짜 과로로 쓰러지는 거 아닌지 몰라."

『지금이라도 장로님들에게 맡기시고 교로 돌아가 쉬시는 게 어떠실는지요?』

공손천기는 몸을 부르르 떨었다.

"그 옹졸한 늙은이들한테 이런 험한 일을 맡기라고? 나중에 뒤에서 무슨 욕을 들어 처먹으려고? 됐다, 그냥 내가 봉사한다고 생각하고 해야지."

임학겸은 속으로 조용히 웃었다.

뭐라 뭐라 투덜거려도 항상 교를 위해 애쓰는 교주님이었다.

누구보다도 강한 힘을 지녔으면서도 결코 그것을 겉으로 내세우지 않고 마음으로 상대방을 감화시키는 진정한 의미의 교주인 것이다.

"월인도법이라고 했었나? 그런 게 굳이 본 교에 필요할까? 지금도 충분하잖아, 무공은."

『다른 우매한 놈들이 그런 위험한 물건을 손에 넣고 함부로 휘두르는 것보다는 저희가 가지고 있는 편이 여러모로 현명한 일인 것 같습니다.』

공손천기는 한숨을 내쉬었다. 매사를 장난스럽게 넘기는 그답지 않게 이번에는 제법 진지한 한숨이었다.

"그런 건 나도 알지. 그런데 왜 이렇게 이번 일이 내키지 않는지 모르겠다."

『…….』

"나이가 들어서 그런가? 괜히 불안하기도 하고, 조만간 뭔 일이 생길 것만 같구나."

말을 하던 교주는 어깨를 주물럭거리며 말했다.

"겸아."

『예, 교주님. 하명하십시오.』

"너도 알고 있겠지만 난 말이다, 사실 귀찮은 걸 매우 싫어해."

공손천기는 말을 하며 장난스럽게 툴툴 웃었다.

그는 번거롭고, 귀찮고, 손이 많이 가는 걸 아주 병적으로 싫어했다.

심지어 무공을 배울 때도 단지 귀찮다는 이유 하나만으로 교주 전용 무공이었던 수라환경(修羅歡經)의 수백 개 초식을 단 열 개로 줄이지 않았던가?

그것으로 인해 본래도 강력했던 수라환경이 무려 네 배 가까이 위력이 증폭되었다.

임학겸은 현재 교주인 공손천기가 만약 귀찮음을 감수하고 강호에 나가려고 마음먹었다면 진작 천하는 천마신교의 이름 아래 일통되었을

지도 모른다고 생각했다.

그만큼 역대 교주 사상 최고의 재능을 지닌 인물이 아닌가?

"젠장, 사실 톡 까놓고 말해서 교주씩이나 되면 그런 귀찮은 거 안 해도 되잖아? 난 그렇게 알고 사부에게 교주직을 물려받았어. 근데 최근 들어서 이거 사실은 내가 사부에게 사기 당한 게 아닐까라는 생각을 종종 해."

『……속하가 불민하여 잘 모시지 못해서 항상 송구스럽습니다.』

"아니, 아니. 그런 이야기가 아니다, 내 말은."

공손천기는 목을 좌우로 돌리며 무언가를 생각하다가 말했다.

"아무튼 이번 일은 여러 가지로 걸리는 게 많다. 최대한 빨리 마무리하고 교로 복귀하고 싶구나."

『그렇게 될 겁니다.』

第三章
초류향의 재시험

유기학당.

그곳의 대회의실에서 지금 노학자들끼리 작은 설전이 오가고 있었다.

"이번 시험에서 부정행위가 의심되는 학생이 있소이다."

"부정행위라니요?"

"조기천 선생은 짐작하고 있지 않소?"

풍채 좋은 노인. 이곳에서 시경(詩經)을 가르치고 있는 유현국(遊絃局) 선생은 슬쩍 옆에 있는 조기천 선생을 바라보며 나직하게 입을 열었다.

하나 정작 당사자인 조기천은 당최 무슨 말인지 모르겠다는 얼굴로 되물었다.

"그게 무슨 말이오?"

"이미 알고 계시지 않소? 이번에 산법수리대회에서 수석을 차지한 녀석. 그 녀석 말이오. 대체 언제쯤 처벌하실 생각이외까?"

조기천 선생.

평소 바로 옆에 벼락이 떨어지더라도 눈썹 하나 까딱하지 않을 위인인 그가 급격하게 얼굴을 찡그려 보였다.

초류향이라는 아이가 들어와 산법수리대회에서 수석을 차지한 것은 솔직히 조기천이 보기에도 의외의 결과이긴 했다.

하나 그곳에는 어떠한 부정도 없었다. 그것을 누구보다도 잘 알고 있던 조기천이었기에 이 이야기가 왜 지금 여기에서 나와야 하는 것인지 알 수가 없을 따름이다.

"조기천 선생은 이 문제를 대체 어떻게 해결하실 생각이오? 공개적으로 준비하는 것이 있소이까?"

"흐음……."

유현국.

고고한 유학자인 그가 무엇 때문에 이러는 것인지 이제 짐작할 수 있었다. 그리고 상당 부분 이해도 됐다.

산법이라는 학문에 대해 잘 모르는 그의 입장에서 생각하면 충분히 저렇게 생각할 수도 있음이다.

"무슨 말씀이라도 해 주시오. 그대 관할이 아니오? 답답하구려."

이렇게 공식적인 장소에서 거론한 것을 보니 아마 단단히 작정을 하고 나온 것 같았다.

대개의 유생들은 부정이나 비리 등에 굉장히 민감했다. 그리고 이렇게 민감한 부분을 이야기할 때는 두루뭉술하게 설명해선 안 된다.

막 입을 열어 그에 관한 이야기를 하려는데 옆에 있던 서체(書體) 담당 선생인 조유천(調柳川) 선생이 끼어들었다.

"그러고 보니 확실히 이상하긴 하더이다. 그 녀석 무언가 조작이라도 한 것 아니오? 그것도 아니면 사전에 문제가 미리 유출되었거나."

"그럴 수도 있겠구려."

유현국 선생이 맞장구를 쳤다.

지금 문제로 거론되고 있는 것은 초류향의 만점짜리 답안지였다.

아니, 그 답안지 전체가 만점을 맞은 것은 둘째 치고 진짜 문제시되었던 것은 바로 시간이었다.

모두에게 할당된 시험 시간은 한 시진.

보통 산법 시험은 그것으로도 시간이 모자라 다 풀지 못하는 경우가 대부분인데 초류향은 달랐다. 자리에 앉아서 백여 개가 조금 넘는 문제를 푸는 데 반 각도 채 걸리지 않았던 것이다.

이건 사전에 답을 미리 알고 술술술 써 내려가야 나올 수 있는 시간 아닌가?

당시의 시험 감독관들은 초류향이 제일 먼저 자리에서 일어나 답안지를 제출하자 그냥 시험을 포기한 것으로 간주했을 정도였다.

조기천 선생은 눈앞에 놓인 찻잔을 입으로 가져가며 본래의 담담한 신색으로 돌아왔다.

그리고 말했다.

"본인이 보기엔 아무런 문제가 없는 것으로 보이오만?"

"그게 말이나 되오? 천재라 불리는 남궁옥빈도 문제를 푸는 데 반 시진이 걸렸소."

조기천은 고개를 갸웃거렸다.

"그 녀석과 이 일이 무슨 관계가 있소?"

"그, 그냥 그렇다고 예를 든 것이외다. 그리고 생각해 보시오. 이 많은 문제들을 반 각 만에 푼다는 것이 실로 가당키나 한 일이외까?"

다른 학자 모두가 동의하듯 고개를 끄덕였지만 조기천 선생만 가만히 있었다.

그들의 의견에 동의하는 것은 아니었다. 하나 모두가 그렇게 생각할 법했기에 딱히 화도 나지 않았다.

이들은 모르는 것이다. 산법이라는 것이 실제로는 얼마나 심오한 학문인지.

지금에야 이렇게 다들 선생이라는 직함을 달고 함께 어울려 있지만 뒤돌아서면 산법이라는 학문을 얼마나 무시하고 있는지 뻔히 알고 있는 조기천이었다.

천한 장사치들이나 배우는 저급한 학문. 산법을 단순한 숫자 놀음이라 여기고 있는 것이다. 그것이 현재 산법을 바라보는 사람들의 공통된 시선이었다.

그랬기에 이런 반응이나 편견은 당연하다고 생각했다.

"이쪽에 재능이 있고, 충분한 노력이 받쳐 주었다면 불가능하지는 않소."

"허허, 그러면 정말 고작 열한 살 먹은 아이가 이 많은 문제를 촌각만에 계산해서 즉답을 내고, 그것을 적어 냈다고 생각하는 것이오?"

"물론이오."

조기천의 말은 단호했다.

실제로 조기천 선생 그 자신도 그게 가능했다.

남들이 보기엔 어떨지 모르겠지만 조기천 역시 현역에서 물러난 지금도 이 정도의 문제는 보는 즉시 답을 써 내려갈 수 있었다. 물론 이렇게 하기 위해 많은, 정말로 엄청나다고 할 수밖에 없는 노력을 들인 끝에 얻은 결과였지만.

그것을 초류향이라는 열한 살밖에 되지 않은 꼬마 아이가 해냈다는 건 조기천에게도 신선한 놀라움을 가져다주었다.

하지만 내심 그럴 수도 있겠다고 생각했다. 정말로 그만한 노력을 들였으면 그 정도의 보답이나 결과가 있는 것은 당연한 것 아니겠는가?

하나 남들은 그렇게 생각하지 않는 모양이다.

스스로의 상식만이 옳다고 여기는지 조기천의 말은 귀에도 담지 않는 듯했다.

"난 믿을 수 없소. 본인은 이 녀석만 따로 재시험을 치르길 원하오."

왜 이렇게까지 번거롭게 일을 벌이는 것인지 그 이유를 알 수가 없었다.

하지만 조기천은 일단 침착하게 생각해 본 뒤 대꾸했다.

"굳이 그렇게까지 할 필요도 없어 보이오만? 결과는 다르지 않을 것이오."

다시 시험을 봐도 같은 결과가 나올 것이다.

그럼 또 볼 필요가 없지 않은가?

뻔한 인력과 심력, 시간의 낭비일 뿐이다.

그런 것은 체질적으로 별로 좋아하지 않는 조기천이었다.

"이건 나 혼자만이 아니라 학생들도 납득하지 못하는 일이 아니겠소? 상당수의 학생들이 이번 결과에 불만을 품고 나를 찾아왔소. 그래서 이렇게 드리는 말이외다."

조기천은 그제야 다른 선생들이 이렇게 강하게 압박해 오는 이유가 어느 정도 짐작이 갔다.

여기에 있는 노학자들도 불신하고 있는 마당에 학생들이야 오죽하겠는가?

시험을 포기하고 나가는 것으로 보였던 녀석이 갑자기 수석을 차지했다. 게다가 현재 학당 내에서 나이도 가장 어리지 않은가?

'어리석구나.'

쓸데없는 열등감이었다.

조기천은 이런 것에 감정을 소모하느라 쓸데없이 힘을 낭비하는 것은 성격적으로 맞지 않았다.

유기학당에서 한 과목 수석을 차지하면 그 나름의 혜택들을 받을 수 있었다.

수석을 차지한 이들은 장려금이라는 명목으로 상당한 액수의 금전을 지원받고, 또 혼자만 공부할 수 있는 학방(學房)도 사용할 수 있게 되었다.

그것 때문일까?

학생들은 초기에 나름대로 다들 필사적으로 공부했다. 서로 엎치락뒤치락하며 학업에 굉장히 긍정적인 영향이 있었던 것이다.

하나 그것도 남궁옥빈이라는 걸출한 천재가 등장하면서 유명무실해졌다.

남궁옥빈이 학당에 들어와 줄곧 전 과목에서 수석을 차지해 버리니 다른 아이들은 열등감만 심각해질 뿐이었다.

각 과목을 담당으로 가르치고 있던 노학자들은 심각한 고민에 빠졌다. 어떻게 하면 이 난국을 슬기롭게 헤쳐 나갈 수 있을까 고뇌했던 것이다. 그리고 그것은 암묵적으로 다른 재능 있는 학생들에게 여러 가지 과외수업을 해 주는 형태로 나타났다.

어떻게든 남궁옥빈 외에 다른 수석자를 만들기 위함이었다. 하지만 모두 실패했다.

남궁옥빈은 그런 것을 넘어선 천재였기 때문이다.

노학자들도 사실상 모두 손을 놓았을 즈음, 올해에 들어온 초류향이 갑자기 산법 과목에서 수석을 차지했다.

이건 묘한 일이었다. 그런 것에 전혀 신경 쓰지 않았던 조기천 선생이 뒤에서 무언가 수작을 부렸으리라는 의혹이 생겨났다. 항상 외톨이로 혼자 사색하는 것을 좋아했던 조기천이었기에 그를 그런 성격으로 오해하고 있었던 것이다.

조기천 역시 그런 학자들의 심중을 눈치챘다. 이것은 초류향이라는 학생을 못 믿는다기보다는 그를 의심하고 있는 것이나 마찬가지였다.

'여기도 그곳과 똑같구나.'

황실에서도 이런 권모술수라든가 이전투구를 많이 보아 왔다.

사람 사는 곳이 전부 다 이런 것일까?

뻔히 보이는 수작들이었지만 알면서도 그냥 당해 주었다.

그가 원하는 산법 공부에 크게 방해가 되는 것이 아니면 어떤 것이

든 허용해 주는 편이었다.

그리고 지금도 그랬다.

"재시험을 원한다고 하셨소?"

"그렇소이다. 선생 모두가 참관한 곳에서 문제를 만들어 그것을 그 자리에서 풀게 해서 시간을 보겠소."

조기천은 고개를 끄덕였다.

맨 처음 문제를 제기했던 유현국 선생. 그가 자신을 거북해한다는 것은 예전부터 잘 알고 있었다.

본래가 붙임성 없고, 사교성이 없었던 조기천이었기에 주변 사람들에게 살갑게 대해 주지 못했던 점도 있다.

그 결과가 이런 형태로 돌아오게 될 줄은 몰랐지만 어찌 되었든 기왕에 벌어진 일.

"좋을 대로 하시오."

"내일 당장 가능하겠소?"

어렵지 않은 일이다.

"물론이오."

그렇게 초류향의 재시험이 결정되었다.

*   *   *

정신이 들자마자 제일 먼저 들은 소식은 초류향의 마음을 불편하게 만들었다.

"너, 재시험 본다더라."

초류향은 팽가호의 말에 왠지 뭔가 다른 의미가 들어가 있는 것을 본능적으로 느꼈다.

과연 팽가호는 약간 짜증이 담긴 어투로 곧장 입을 열었다.

"네가 시험 볼 때 부정행위를 했다는 게 그 이유라더라. 기가 막혀서."

팽가호는 화를 내고 있었다. 초류향이 진짜 순수하게 실력으로 수석이 된 것을 그는 알고 있었기 때문이다.

본인의 실력으로 이룬 것을 다른 사람들이 폄하하면 얼마나 불쾌할 것인가? 그렇기 때문에 그는 지금 몹시 화가 나 있었다.

"넌 왜 아무 말도 없어?"

초류향은 의외로 담담했다. 아니, 별로 신경 쓰지 않는다고 하는 편이 맞을지도 몰랐다.

지금은 그런 사소한 것에 신경 쓸 여유가 없었다. 아까부터 눈에 이상한 것들이 보이기 시작했기 때문이다.

초류향은 그것들에서 눈을 떼지 못한 채로, 팽가호의 입장에서는 멍해 보이는 태도로 입을 열었다.

"……그럼 시험 다시 보면 되지."

"넌 화도 안 나냐? 생사람을 잡는 건데?"

"화나."

"화나는 놈 표정이 왜 그렇게 덤덤해?"

화를 내 봐야 무의미했기에 화를 내지 않을 뿐이다. 체질적으로 그런 비생산적인 일은 싫어하는 초류향이었다.

"내가 너무 답답하다."

팽가호는 주먹으로 자신의 가슴을 때리며 화를 내었다.

초류향을 내심 진짜 천재라고 인정하고 있던 팽가호다. 그리고 그런 천재가 정말 쉬지 않고 공부에 전념하는 것도 너무나 잘 알고 있는 팽가호다.

그래서 더 화가 났다. 노력을 인정해 주지는 못할망정 깎아내리려는 지금의 작태가 열불이 터지도록 화가 난 것이다.

팽가호는 초류향의 어깨에 손을 올리며 진지하게 말했다.

"이왕 이렇게 된 거 아예 가서 콧대 높은 영감들을 완전히 박살 내 버려. 실력을 제대로 보여 버리라고."

초류향은 슬쩍 웃었다.

팽가호가 무엇 때문에 저렇게 화를 내고 있는지 잘 알았다. 그리고 그가 그렇게 말하지 않더라도 제대로 실력을 보여 줄 생각이다.

초류향도 이렇게 뒷말이 나오는 게 불쾌했기 때문이다.

"근데 몸은 좀 괜찮아? 내일 시험 보는 데 무리 없겠지?"

"괜찮아."

사실 지금은 몸이 문제가 아니었다.

아까부터 눈에 보이는 요상한 것들. 그게 계속 초류향의 신경을 긁어 대고 있었다.

바로 숫자였다. 사물이건 허공이건 할 것 없이 숫자들이 떠다니고 있었던 것이다.

"공부할 책 필요해? 내가 종이 갖다 줄까?"

"아니야. 내가 알아서 할게. 너도 가서 쉬어야지."

오늘 있는 수업이 끝나자마자 득달같이 뛰어온 팽가호를 보며 내심 고맙게 생각했지만 지금은 혼자 있고 싶었다.

생각해야 할 게 너무 많았기 때문이다.

사실 지금 생각할 것들에 비하면 시험은 정말 작은 일이었다.

'쉬운 일이기도 하지.'

시험은 몇 번이고 다시 봐도 상관없었다.

지금은 눈에 보이는 이 요상한 숫자들이 무슨 의미가 있는지 알아내는 게 더욱 중요했으니까.

팽가호는 아직도 분이 안 풀렸는지 혼자서 씨근덕거리다가 나갔다.

그 모습을 보고 초류향은 눈을 감았다. 그리고 머릿속으로 노인을 불렀다. 아직 그가 정말 실존했던 제갈량인지에 대한 확신은 못 가졌기에 호칭에 대한 부분은 생략한 채였다.

'물을 게 있습니다.'

[귀찮게 하는구나.]

상념 속에서 떠오른 노인은 마뜩찮은 표정으로 초류향을 바라보았다.

초류향은 그런 노인을 바라보며 머릿속으로 물었다.

'지금 눈에 보이는 이 숫자들은 뭡니까?'

[뭐로 보이느냐?]

'잘 모르겠습니다.'

숫자들은 뒤죽박죽이었다. 그리고 계속 바뀌고 있었다.

무슨 의미가 있는 걸까?

불쑥 호기심이 생겼다.

그래서 눈을 살짝 뜨고 일단 손을 뻗어서 가까이에 있는 숫자를 만져 보았다. 그러자 손에 닿은 무색의 숫자들이 살아 있는 듯 생동감 있는 색감으로 변했다.

"어?"

하나 곧바로 본래의 색으로 되돌아가며 흐려졌다.

"이, 이게 대체."

초류향은 당황하다가 일단 다시 눈을 감았다.

[애송아, 아직 네 수준으로는 보는 것(觀)이 고작이다. 그걸 만지려면 수양이 필요하니 아직은 욕심 부리지 마라.]

'어떤 수양이 필요한 겁니까? 또 저걸 만질 수 있으면 어떻게 되는 거죠?'

[끌끌, 걷지도 못 하는 놈이 벌써부터 뛸 생각을 하는구나.]

노인은 흥분한 상태의 초류향을 보며 혀를 낮게 찼다.

[너라는 존재는 삼라만상을 이루는 가장 작은 단위의 숫자에 불과하다. 하지만 삼라만상 역시 너 같은 작은 존재들이 모여야 될 수 있는 것이겠지. 우선 네가 해야 할 일은 그 작은 숫자들을 보고 느끼는 일이다. 기교를 부리는 것은 그다음이지.]

숫자를 보는 것, 아니, 좀 더 정확하게 말하자면 노인이 알려 준 것은 세상의 이루는 만물의 근간을 올바르게 바라보는 방법이었다.

정관법(正觀法).

초류향이 그림 속 노인에게 배운 첫 번째 능력의 이름이었다.

＊　　　＊　　　＊

"으음……."

유현국 선생은 눈을 찌푸렸다.

공개적으로 시험을 보게 한 것은 좋았다.

즉석에서 문제를 내어 즉석에서 풀게 한다. 여기에는 그 어떤 사전 공작이나 수작질이 들어갈 수 없었다.

그런데도 이것은 좀 난감한 일이었다. 녀석이 술술 문제를 풀어 갔기 때문이다.

정말 문제를 푸는 데 조금도 고민이 없는 모습이 아닌가?

"확실히 대단하긴 하구려."

"그러게 말이오."

초류향이라 했던가? 이제 고작 열한 살이라 들었다.

저렇게 뛰어난 재능이 있으면서 왜 산법 따위에 매진하는지 유현국 선생의 머리로는 도무지 이해할 수가 없었다.

산법을 무시하긴 하지만 그 계산의 어려움까지 무시하는 건 아니었다. 다만 일상을 살며 셈하는 것에만 족하면 되지 굳이 복잡한 계산법들이나 수식까지 공부할 필요가 있을까 싶을 뿐이다.

실로 어리석지 않은가?

산법학자들은 굳이 삶을 사는 데 필요치 않은 것에 매진하고 시간 낭비를 하는 비정상적인 족속들인 것이다.

이것이 대다수 사람들의 공통된 생각이었고, 그들이 산법을 다른 학문에 비해 한참 아래로 내려다보는 이유였다.

"다 풀었습니다."

조기천 선생은 초류향의 답안지를 받아 든 후 자신이 푼 답안지를

가지고 선생들 앞에 펼쳐 보였다.

초류향이 제출한 답안지와 조기천 선생의 답안지는 정확히 일치했다.

지켜보고 있던 학생들도 모두가 멍한 얼굴로 고개를 끄덕였다.

초류향과 친분이 있는 소수의 몇몇을 제외하곤 다들 의심하고 있었던 모양이다.

사실 쉽게 믿을 수 있겠는가? 그 답안도 답안이지만 저런 엄청난 계산 속도라니?

"이제 더 이상 불만 사항은 없으리라고 보는데, 어떻소?"

조기천이 묻자 유현국은 마뜩찮은 표정이었지만 어쩔 수 없이 고개를 끄덕였다. 그리고 그는 초류향에게 시선을 돌리며 말했다.

"듣기로 너는 특별하게 산법 공부에만 매진한다고 들었는데 사실이냐."

"사실입니다."

"왜 굳이 산법 따위를 공부하느냐? 너 정도 재능이면 내가 가르치는 시경이나 학문에 그 정도의 노력을 기울였을 때 입신양명(立身揚名)하는 것도 그리 어렵지 않으리라 본다만."

초류향은 잠시 멍청한 얼굴을 해 보였다가 얼른 정신을 차리고 힐긋 조기천 선생을 바라보았다.

산법에 평생을 바친 사람 앞에서 그것을 저렇게 폄훼하고 깎아내리는 말을 하다니……. 아무리 서로 앙숙이라지만 이건 좀 아닌 것 같았다.

조기천 선생은 표정 변화가 없었다. 내심이야 어떻든 간에 그걸 겉으로 쉽사리 드러내지 않는 사람이니까.

하지만 초류향은 분노했다. 자신이 왜 분노하는지 그 이유는 잘 모르겠지만 그냥 화가 났다.

초류향은 그 특유의 무덤덤한 얼굴로 돌아가 차분하게 입을 열었다.

"평소 존경하는 사람이 있습니다. 그 사람이 간 길을 따라가 보는 것도 나쁘지 않을 것 같았기 때문이다."

유현국 선생의 얼굴이 딱딱하게 굳었다.

"설마 산법이 그 사람이 간 길이더냐?"

"그렇습니다."

"네 재능이 아깝구나. 어리석구나, 어리석어!"

유현국 선생은 진심으로 탄식했다.

정말로 탐났다.

남궁옥빈 외에도 이런 천재적인 능력을 지닌 아이가 있을 줄이야. 데려다 놓고 시경이며 논어며, 가르치고 싶은 것들이 산더미 같았다.

하지만 본인이 싫다는데 답이 없었다. 소도 물가로 데려갈 순 있어도 억지로 물을 먹일 수 없는 법이니까.

초류향은 그런 유현국을 향해 고개를 가볍게 숙여 보였다.

정말 마음에 들지 않는 사람이다. 공개된 장소에서, 그것도 이렇게 많은 제자들이 있는 곳에서 조기천 선생을 대놓고 무시하는 처사라니?

'산법이 이렇게도 천대받았던가?'

자칭 유학자라는 사람조차도 저런 반응이니 초류향은 내심 씁쓸하게 웃었다.

그리고 힐긋 눈을 들어 유현국의 이마를 바라보았다.

살짝 반개(半開)한 초류향의 시선이 유현국의 이마를 훑자 흐릿한 숫자가 눈에 보였다.

"……삼십이."

초류향은 그렇게 작게 중얼거렸다.

곁에 있던 조기천 선생은 초류향의 중얼거림을 들었으나 그것이 의미하는 바가 무엇인지 몰랐기에 가만히 있었다.

그러다 초류향을 보며 입을 열었다.

"이제 가서 쉬어도 좋다. 네가 굳이 번거로운 일을 했구나."

"괜찮습니다."

번거롭긴 했지만 나쁘지 않은 자리였다. 오늘부로 다시는 초류향의 산법 실력에 대해 의심하는 사람은 없을 테니까. 어쨌든 얼마간 편해진 점도 있었던 것이다.

초류향은 뒤로 물러서며 호흡을 한 차례 골랐다.

길게 들이쉬고 짧게 내뱉었다. 이어서 선생들의 얼굴을 한 번 쭈욱 훑어보았다. 그리고 마지막으로 조기천 선생을 보며 슬며시 웃었다.

역시 예상대로였다.

"칠십일."

그리고 뒤로 돌아서 걸어갔다.

뱁새들이 노는 곳에 고고한 학 하나가 있으니 괴롭힘을 당할 수밖에 없을 것이다.

사람의 가치를 평가하는 이런 숫자들.

정관법이라는 것을 모를 때에도 조기천 선생을 존경했었다. 처음에는 단순히 산법의 일인자라는 호칭을 동경했었지만 지금은 아니었다.

그 사람 자체를 존경하게 되었다.

산법 하나에 평생을 매진해 왔고 나이가 들어서도 그것에 대한 열정이 조금도 식지 않았다.

오히려 그것을 후학들에게 가르치며 본인 스스로를 채찍질하지 않던가?

산법이라는 학문이 천대받고 무시당하는 것을 잘 알면서도 묵묵히 인내하며 산법을 잘 모르는 사람들의 수군거림을 조용히 견뎌 내는 모습도 너무나 멋지게 보였다.

모든 학문이 다 그러하겠지만 심층적인 단계에 들어서게 되면 산법 역시 심오막측해진다. 그리고 초류향은 근래에 본인이 그 심오한 세계에 한층 가까워졌다고 생각했다.

그 이상한 노인이 자신에게 준 능력과 지식. 그것으로 인해 조금 더 산법을 배우는 데 유리해진 건 사실이니까.

한참 이런저런 생각을 하며 숙소를 향해 걸어가려는데 뒤에서 조기천 선생이 다가오며 넌지시 말했다.

"나중에 나를 한번 찾아올 수 있겠느냐?"

"언제 말입니까?"

"네가 한가할 때라면 언제든지 괜찮다."

"알겠습니다."

조기천 선생은 특유의 무표정한 얼굴로 고개를 끄덕인 후 본인의 일을 하러 돌아갔다.

그 뒷모습을 보며 초류향은 생각했다.

어쩌면 오늘 일로 인해 조기천 선생이 자신을 조금 좋게 볼 수도 있겠다는 생각을 했다.

'아닐지도 모르지만.'

항상 팽가호 덕분에 강의 시간 내내 이런저런 이유로 벌만 서던 초류향이다.

그런데 착각일지도 모르지만 방금 전 자신을 보던 조기천 선생의 눈빛에 인자함이 깃들어 있었다.

'기대하지 말자.'

초류향이 내심 그런 생각을 털어 버리며 걸어가는데 맞은편 문가에 누군가가 서서 그를 기다리고 있었다.

"축하해, 산법 수석."

이건 전혀 기대도 하지 않았던 사람이었다.

초류향은 의구심 가득한 시선으로 눈앞에 있는 사람을 바라보았다.

"그렇게 바라보지 마. 이번 일은 나완 전혀 상관없이 진행된 일이니까."

남궁옥빈.

남궁세가라는 명문세가의 자제이자 현재 유기학당 역사상 제일의 천재라 칭송받는 자가 아닌가? 평소에 말 한 마디 나눠 본 적 없던 이가 이렇게 자신을 기다렸다가 칭찬해 주니 어떻게 반응해야 할지 알 수 없는 초류향이었다.

그러다 문득 호기심에 호흡을 고르며 눈을 반개해서 뜬 초류향은 속으로 뜨악하며 작게 중얼거렸다.

"칠십사……."

정말 어마어마한 수치였,

보통 웬만한 사람들이 이십에서 삼십 사이의 수치를 보인다고 쳤을 때 저건 거의 세 배에 가까운 능력치가 아닌가?

저 능력치가 어떻게 분배되어 있는지까지는 모르겠지만, 저 정도면 단순히 수치만 놓고 보았을 때 조기천 선생보다도 윗줄이었다.

확실히 다른 사람 말대로 천재라는 게 있긴 한 모양이다.

"사실 나도 네 실력에 의심을 품었던 사람이야. 그걸 사과하려고 기다렸어."

별 의미 없는 짓을 다 한다고 생각했다.

시간 낭비라고 생각했지만 막상 초류향은 이걸 어떻게 대답해야 할지 몰라 약간 어색한 얼굴로 남궁옥빈을 바라보았다.

그것이 남궁옥빈에게는 큰 부담으로 다가왔는지 그가 허둥거리며 바로 다시 말했다.

"아니, 좀 더 솔직하게 말하자면 오늘 일이 어쩌면 단순히 내 투정 때문에 일어났을 수도 있어서, 그걸 사과하려고 온 거야."

"……."

"주변에 있는 내 지인들이 네 실력에 의심을 품었고, 나 역시 의심을 품고 있었지. 그게 어떻게 하다가 유현국 선생의 귀로 들어간 것 같다. 덕분에 일이 이렇게 번거롭게 된 것 같아. 미안해."

이제야 이 녀석이 여기에서 기다리고 있었던 이유를 알 수 있었다.

그리고 속으로 다시 한 번 뜨악했다.

명문세가의 자제들이란 다 이런 걸까?

굳이 할 필요도 없는 사과였다. 하지만 이 녀석은 그걸 알고 있을 텐데도 여기까지 와서 사과를 하고 있었다.

"그런 이유라면 사과를 받아 주지."

사과를 못 받아 줄 이유가 없었다.

사실 초류향에게는 별것 아닌 일이었으니까.

한데 남궁옥빈은 아니었나 보다.

초류향의 대답에 남궁옥빈은 대단히 홀가분한 얼굴이 되었다. 뭔가 큰 짐을 덜어 놨다는 얼굴.

"정말? 정말이지?"

"……그래."

"휴— 다행이다."

뭐가 다행이라는 것인지 헷갈렸다.

"나 사실 굉장히 조마조마했거든. 이런 일이 처음이라 어떻게 해야 할지도 잘 모르겠고."

남궁옥빈은 말을 하면서 멋쩍은 웃음을 입가에 그렸다.

"천재라는 걸 실제로는 처음 봐서 되게 신기하기도 하고."

이번엔 초류향이 어색한 얼굴로 안경을 살짝 매만졌다.

천재 남궁옥빈에게서 되레 천재라는 말을 들으니 낯부끄러워졌던 것이다.

"앞으로 서로 알고 지냈으면 좋겠어. 난 너 같은 선의의 경쟁자가 있었으면 했거든."

"……그러냐."

초류향은 갑자기 이 자리가 불편해졌다.

이런 순진무구해 보이는 녀석이 스스럼없이 다가오는 것이 이상스럽게도 거북했던 것이다.

"다음에는 이렇게 안 질 거야. 나, 이번에는 조금 방심했거든."

남궁옥빈은 하얀 치아를 드러내 보이며 자신만만하게 웃었다.

"그럼 다음을 기대할게. 경쟁자."

남궁옥빈은 그렇게 자신의 할 말만 딱 하고 사라졌다.

초류향은 멀어져 가는 남궁옥빈의 뒷모습을 보며 잠시 멍한 얼굴로 서 있다가 안경을 고쳐 쓰곤 중얼거렸다.

"저런 낯부끄러운 말을 아무렇지도 않게 하는 걸 보면 대단히 뻔뻔한 놈 같기도 한데……."

정체를 알 수 없는 놈이었다.

초류향은 천천히 걸어갔다.

그의 발걸음은 자연스럽게 서가로 향했다.

"엇? 오늘은 몸이 괜찮으십니까?"

서가의 입구에서 신원 확인을 하는 자가 걱정스럽게 물어 왔다.

순간 이것이 놀림인지 아닌지 헷갈렸지만 초류향은 담담하게 괜찮다고 말한 후 서가 안으로 들어섰다. 그리고 무언가를 한참 찾았다.

줄곧 마음에 걸리던 것. 그것을 확인해 봐야 했기 때문이다.

'여기 있군.'

찾던 물건은 의외로 금방 발견되었다. 책장의 귀퉁이에 낡은 서책이 보였던 것이다.

그것을 조심스럽게 꺼내자 제목이 눈에 들어왔다.

월인삼라산법술해 (上)

그때는 정신없어서 미처 의식하지 못했지만 상하로 책이 나뉘어져 있는 모양이었다.

조심스럽게 책을 펼쳐 보았다.

그리고 눈을 크게 떴다.

'역시……'

책에 적혀 있던 내용이 모두 지워져 있었다. 아니, 정확하게 말하자면 깡그리, 몽땅 사라져 있었다.

마치 누군가가 억지로 책을 털어서 그곳에 적혀 있던 문자와 숫자들을 모두 바닥으로 떨궈 낸 듯이 그 내용이 깨끗하게 없어져 있었다.

'그 내용들이 몽땅 내 머릿속에 주입된 건가.'

지금도 무언가를 떠올리면 그것에 관련된 어마어마한 지식들이 머릿속을 헤집고 있었다. 수십 년을 공부해야 얻을 수 있는 지식들이 한순간에 머릿속에 가득해진 것이다.

하나 이것은 죽은 지식이었다.

이 지식을 살아 있는 지혜로 바꾸기 위해서는 본인의 피나는 노력이 필요했다.

그렇게 속으로 다짐하다가 불쑥 고개를 쳐드는 의문에 초류향은 참지 못하고 눈을 감고 질문했다.

'제가 얻은 이 책이 상권이라면 하권도 있습니까?'

그림 속의 노인.

그는 특유의 오만한 표정으로 머릿속에 나타나더니 느릿하게 대답했다.

[있다.]

초류향은 자신의 생각이 맞았음을 느꼈다.

사실 이런 건 진즉에 생각했어야 할 의문이었는데 이제야 이런 중요한 것을 떠올리다니.

'그 책에도 역시 어르신의 심득이 담겨 있습니까?'

노인은 희미하게 웃었다.

그 웃음의 의미는 너무도 명확한 비웃음.

[애송이, 뭔가 큰 착각을 하고 있구나.]

'음? 그게 무엇일까?'

자신이 한 질문 어디에 바보 같은 점이라도 있었던가?

[바보들에게는 바보들의 언어가 필요한 법이지.]

수수께끼 같은 말이었다.

초류향이 잠자코 노인의 다음 말을 기다리고 있자 그가 다시 입을 열었다.

[세상에 너같이 산법을 궁극적으로 익혀서 내 심득을 단박에 받아들일 수 있는 놈이 흔할 거라 보느냐?]

초류향은 생각했다.

확실히 드문 일이긴 할 것이다. 하지만 전혀 없지는 않을 거라 여겨졌다.

존경하는 조기천 선생처럼 산법으로 일가를 이룬 사람들도 분명 있으니까.

그림 속 노인은 선선히 긍정했다.

[네 말이 맞다. 분명 있기야 하겠지. 하지만 그놈들이 내가 써 놓은 책을 읽을 확률이 과연 얼마나 되겠느냐? 난 사실 거의 가망성이 없다

고 보았다. 그랬기에 비상시를 대비해 하나의 책을 더 만들어 놓았던 거지.]

그림 속 노인은 거기서 잠시 말을 끊고 씁쓸하게 웃었다.

그리고 살짝 화제를 돌리며 말했다.

[오늘 네놈의 장난 같은 공개 시험은 잘 보았다. 과연 예나 지금이나 산법을 우습게 보는 돌대가리들은 여전히 세상에 많더구나.]

초류향은 머리를 긁적이며 웃었다.

노인 역시 자신이 보고 느꼈던 것을 같이 느꼈던 모양이었다.

과거에도 그랬고, 지금도 역시 그렇지만 산법이라는 학문은 그 가치에 비해 세간에서 너무도 무시를 당하고 있었다.

오늘은 그것을 피부로 느낄 수 있었던 자리였다.

[이런 불학무식(不學無識, 학문을 알지 못하고 아는 것이 없음)한 놈들이 가득한 세상에서 산법으로 뜻을 적어 놓으면 이해할 놈은 없겠지. 그래서 친절하게 글자와 문자로 그들이 나에게 원하던 것들을 적어 놓았다.]

그들이 원하는 것?

초류향의 머리에 의문이 떠오르자 노인이 대답했다.

[기문진법(奇門陣法). 내 후예들에게 물려준 내 유일한 유산이 바로 그것이다.]

초류향은 그제야 노인의 맨 처음 말을 이해할 수 있었다.

바보들에게는 바보들의 언어로.

그래서 상권에는 산법으로, 하권에는 평범한 문자로 써 놓았던 모양이다. 그 조치가 아마 자신의 심득이 완전히 끊기는 것을 우려한 노인의 고육지책이었을 것이다.

노인은 슬쩍 웃었다. 이번에는 왠지 그림 속 노인답지 않게 음흉한
미소였다.

[하지만 고기를 잡는 법까지 아는 놈과 잡은 고기를 다루는 법만 아
는 놈은 큰 차이가 있겠지.]

초류향은 눈을 끔뻑였다. 노인이 이번에도 또 모르는 소리를 한다고
생각했기 때문이다.

[지금에야 모르겠지만 나중에 너도 알게 될 것이다. 내 말이 무슨 뜻
일지.]

초류향은 몰랐다.

차후 몇 년이 지나고 나서야 노인의 지금 이 말이 무슨 뜻인지 알게
될 줄은…….

그때 갑자기 머리가 핑 돌며 전신에 힘이 쭈욱 빠졌다.

'이크!'

초류향은 서둘러 눈을 뜨고 서가에 몸을 기댄 채 호흡을 골랐다.

노인과의 대화는 너무 많은 정신력을 소모했다. 아직 감당하기가 쉽
지가 않았던 것이다.

지친 몸을 회복시키며 초류향은 서가의 책들을 살펴보았다. 아직도
읽지 못한 책들이 많았지만 더 이상 산법책을 읽는다든가 하는 것은
무의미했다. 이제 그런 것을 읽는다고 실력이 늘어날 수준이 아니기 때
문이다.

자랑처럼 들릴지 몰라도 이미 산법 지식은 충분했다. 과할 정도였으
니까.

하지만 무언가 부족했다.

그 부족한 것이 단순한 지식은 아닌 모양이다.

정확히는 모르겠지만 무언가를 배우고 싶다는 갈증이 계속 사라지질 않았다.

잠시 혼자서 고민하고 있던 초류향은 월인삼라산법술해 책을 다시 책장에 꽂아 두고 자리에서 일어났다.

생각해 보니 약속이 있었던 것이다. 뒤로 미룰 것도 없이 지금 해결하면 될 약속이었다.

그리고 그것이 초류향의 인생을 바꿔 놓은 시작점이 되었다.

第四章
팽가호

　팽가호는 본가에서 불쑥 찾아온 작은 숙부, 팽련휘(彭練揮)와 마주
하며 두 눈을 끔뻑거리고 있었다.

　"예? 마교라구요?"

　갑자기 이 무슨 뜬금없는 소리인가?

　"그래. 이번에 그놈들의 은밀한 움직임을 포착해서 강호는 지금 난
리가 났다."

　마교라는 이름이 가지는 무게는 무거웠다. 그랬기에 팽가호는 자기
도 모르게 마른침을 꿀꺽 삼켰다.

　"그놈들이 움직이는데 정도맹에서는 아무런 조치가 없었어요?"

　"설마 그럴 리가 있겠느냐?"

　"그럼 뭐 하고 있는데요?"

팽련휘는 슬쩍 웃었다.

"맹주가 검황기(劍皇旗)를 꺼내 들었다. 아주 작정을 했지."

"검황기를요?"

"그래. 대략 십 년 만에 나타난 셈이다."

검황기.

현재 정도맹의 맹주인 태극검황 백무량이 휘두를 수 있는 최고의 권력. 그것을 상징하는 것이 바로 검황기였다.

검황기가 나타나면 정도맹의 소속 문파들은 모두 맹주의 명령에 절대 복종해야 하는 것이다.

십 년을 주기로 딱 한 번밖에 쓸 수 없는 물건이기에 함부로 쓸 수는 없었지만, 모든 문파가 수평적 관계인 정도맹에서 절대적인 권력을 발휘할 수 있는 유일한 수단이 바로 이 검황기였다.

"덕분에 본가에서도 나를 포함한 선발대 백오십 명이 정도맹을 향해 가고 있는 중이다. 여기는 가는 도중에 네 얼굴도 볼 겸 겸사겸사 들른 것이고."

팽가호는 아쉬운 얼굴로 입맛을 다시다가 조심스럽게 물었다.

"근데 숙부님."

"왜?"

"저도 거기 데려가 주시면 안 될까요? 저 실력 많이 늘었어요. 이제 칼이 가야 할 길이 보인다니까요?"

"고작 그 실력으로 널 거기 데려가 달라고?"

"예."

팽련휘는 조카의 여전한 뻔뻔스러움에 혀를 내두르며 손사래를 쳤다.

"아서라. 아직 여물지도 못한 놈 데려갔다가 내가 무슨 쌍욕을 먹으라고. 그리고 널 데려가면 형님이 가만히 계실 것 같으냐? 그 자리에서 내가 아주 떡이 되도록 맞을 거다. 아무리 형님이 가주라지만 내가 이 나이에 사람들 다 보는 앞에서 먼지 나게 맞아야 되겠냐?"

"어라? 아버지도 거기에 와요? 왜요?"

"그럼? 이렇게 큰일에 가주가 빠지리?"

팽련휘가 어이없다는 얼굴로 되묻자 팽가호의 얼굴에 절망감이 떠올랐다.

"젠장, 가주면 가문을 지켜야죠. 왜 이렇게 쓸데없이 돌아다니신담."

"이놈아, 설마 본가에 집 지킬 사람이 없을까 보냐. 그리고 이번 일은 가문의 사활이 걸린 일이기 때문에 형님도 나오실 수밖에 없으셨을 거다."

팽가호는 고개를 갸웃거렸다.

"왜 사활이 걸려요? 마교가 위치상 본가를 직접적으로 치진 못하잖아요?"

팽련휘는 잠시 고민하더니 이윽고 전신 감각을 최대한 열어 주변을 살펴본 후 근방에 아무도 없음을 확인했다.

그다음 은밀하게 입을 열었다.

"이것은 극비 사항이라 말하기가 조금 그렇다만 너는 알고 있는 게 아무래도 좋을 것 같구나."

팽가호는 눈을 반짝였다. 본능적으로 지금 엄청나게 중요한 일이 벌어지고 있음을 느꼈기 때문이다.

그랬기에 질문을 하는 팽가호도 자연스럽게 은밀한 목소리로 속삭이게 되었다.

"뭐, 돈 되는 물건이라도 나왔나 보죠?"

"돈으로는 감히 구할 수도 없는 물건이지."

"뭔데요?"

"월인도법(月刃刀法)."

"예에?"

"쉿! 조용히 해라. 소문나면 곤란해진다."

팽가호는 정말 놀랐다.

눈이 휘둥그렇게 뜨여질 정도로…….

그래서 본인도 모르게 말을 더듬거렸다.

"서, 설마 그 도마 악중패의 월인도법이요?"

"그래. 마교 놈들이 아마도 그걸 구하려고 십만대산에서 기어 나와 있는 모양이다. 감히 정도맹의 영역까지 무단으로 침입해 온 것을 보면 이 정보는 거의 확실하다고 봐야겠지."

"확실히 월인도법이면…… 그놈들이 눈이 뒤집혀서 갑자기 미친 짓을 해도 이해될 만한 물건이네요."

월인도법.

백 년 전 천하제일인이라 불렸던 도마(刀魔) 악중패의 독문무공이다.

전해지는 풍문에 의하면, 악중패는 전설로만 전해진다는 신입의 경지에 들었다는 소문이 있을 정도로 실로 어마어마한 고수였다.

'게다가…….'

팽가호는 생각에 잠겼다.

도마 악중패가 유명한 이유는 다른 게 아니다.

그 혼자서 당시 정파의 상징이자 연합체였던 무림맹을 괴멸시켰기 때문이다.

과거 무림맹주이자 정파의 최고수.

화경의 고수였던 신승(神僧) 무호 대사.

소림사 출신의 그가 도마 악중패의 칼질 단 세 번을 받아 내지 못하고 세로로 쪼개졌던 일은 실로 충격적인 사건이었다.

그 일로 인해 구파 일방만의 연합체였던 무림맹이 무너지고 구파 일방과 오대 세가가 힘을 합쳐 새롭게 정도맹을 만든 것이 아니겠는가?

단 한 사람 때문에 강호의 모든 판도와 질서가 바뀌었던 엄청난 사건이었다.

도를 주 무기로 쓰는 하북팽가로서는 악중패의 그런 압도적인 도법은 분명 목구멍에서 손이 튀어나올 만큼 탐나는 물건이었다.

팽련휘가 다시 입을 열었다.

"본가는 너무 오랫동안 초절정 고수를 배출하지 못했다. 솔직한 말로 슬슬 고비지."

"그렇긴 하죠."

초절정 고수.

즉, 화경의 고수는 가문의 성세를 좌우할 정도로 그 이름이 가지는 무게가 엄청났다.

"이번에 본가에서 악중패의 무공을 수습할 수만 있다면, 가문의 다음 대 고수들 중에서 반드시 화경의 고수가 나올 게다."

"후후. 절 믿으세요, 숙부님. 제가 곧 화경의 고수가 되어 가문의 부흥을 일궈 내 드리지요."

"응? 네가?"

"예, 제가."

팽가호는 스스로의 가슴을 손으로 탁 치면서 자신만만하게 대답했다.

그 모습에 팽련휘의 표정이 다채롭게 변했다.

그러다 최종적으로 누가 봐도 억지로 만든 듯한 인위적인 웃음을 입가에 그리며 나직하게 말했다.

"그래, 기대하고 있으마."

팽가호는 숙부의 책 읽는 듯한 어색한 말투에 눈을 찡그리며 말했다.

"숙부님, 저 팽가호예요. 절 못 믿으세요?"

'너 같으면 믿겠냐?'

사실 하북팽가 내부에서도 둘째인 팽가호보다는 첫째인 팽효천(彭曉天)에게 더 큰 기대를 하고 있었다.

그 말이 목구멍까지 차올랐지만 억지로 다시 쑤셔 넣으며 팽련호가 웃었다. 그로서는 그저 웃을 수밖에 없었다.

그리고 재빨리 화제를 돌렸다.

"아무튼 난 이만 가 보마. 오랜만에 건강한 모습을 보니 좋았다."

끝내 '믿는다'라는 말을 해 주지 않은 작은 숙부님이 야속했지만 팽가호는 일어서서 나가는 팽련호를 끝까지 배웅했다.

그리고 그가 시야에서 사라지자마자 쏜살같이 방 안으로 뛰어 들어가 급하게 짐을 쌌다.

"사나이로 태어나 이런 좋은 기회를 놓칠 순 없지."

데려가 주지 않겠다면 혼자 가면 그만이다. 격전의 장소에 아버지가 온다는 게 조금 마음에 걸리긴 했지만 눈에 안 뜨이면 된다.

말로만 듣던 마교와 실제로 전투가 벌어지기 직전인 것 같은데 이런 촌구석에서 죽치고 있을 순 없었다. 그리고 우연히도 팽가호와 비슷한 생각을 하고 있는 사람이 이곳 유기학당에 한 명 더 있었다.

*　　　*　　　*

"생각보다 빨리 찾아왔구나."

"예."

"거기 앉거라."

초류향은 조기천 선생이 마련해 준 자리에 앉아 주변을 둘러보았다.

조기천 선생의 성격 그대로의 방이었다. 검박한 느낌이라고 할까? 가구도 그다지 없었고, 정말로 필요한 물건들만 딱딱 놓여 있었다. 그랬기에 언뜻 쓸쓸한 느낌이 들었다.

"내가 너를 보자고 한 이유는 다른 게 아니다."

조기천 선생은 말을 하고 잠시 뜸을 들였다.

상대가 어떻게 받아들일지 모르는 것을 제의할 때는 역시 난감했다. 그리고 그는 성격상 이런 난감한 제의는 평생 동안 남에게 몇 번 해 보지도 않았다.

하지만 지금 말하지 않으면 후회할 것 같다. 왠지 그런 느낌이 가득했다.

조기천 선생은 결국 결단을 내리고 입을 열었다.

눈앞의 이 똘망똘망해 보이는 소년. 오늘 일이 아니었다면 앞으로도 데면데면한 사이로 지냈을 것이 분명한 소년이었다.

하지만 오늘 있었던 일은 평소 모든 일에 무덤덤한 성격인 조기천의 마음에도 작은 파랑을 일으키기에 충분했다. 특히 유현국의 일그러진 얼굴은 왠지 모르게 엄청 통쾌하지 않았던가.

"내 정식 제자가 되어 보지 않겠느냐?"

"······정식 제자요?"

"그래. 산법에 너처럼 관심이 있고 재능이 있는 아이는 내 평생에 처음이다. 어떠하냐?"

초류향은 고민했다.

사실 책으로 익힐 수 있는 산법 지식은 슬슬 한계에 이른 상태였다.

이건 그림 속의 노인이 강제로 주입시켜 준 지식 때문인 것도 있었지만, 평소에 줄기차게 공부해 왔던 탓이 더 컸다.

책에 있는 죽은 지식은 더 이상 초류향에게 도움이 되지 않았다. 그렇다고 그 그림 속의 노인에게 배움을 청할 수도 없었다.

노인의 말에 의하면 아직 지닌바 능력이 부족해서 오랜 시간 이야기를 나눌 힘이 없었기 때문이다.

이런 시점에 조기천 선생에게 산법을 배운다는 것은 실로 엄청난 행운이었다.

그랬기에 고민인 것이다. 이런 갑작스러운 행운들이 연달아 찾아오는 것에 문득 불안감이 들었다.

'과한 생각이겠지?'

초류향은 쓸데없이 떠오르는 이런저런 생각들을 정리하고 조기천 선생을 응시했다.

그리고 슬며시 웃었다.

"부족한 저를 좋게 봐 주셔서 감사합니다."

말을 마치고 초류향은 곧장 조기천 선생에게 구배지례(九拜之禮, 스 승에게 아홉 번 절을 하고 예의를 갖춤)를 올렸다.

조기천 선생은 그답지 않게 눈가를 가늘게 떨며 초류향을 바라보고 있었다.

그는 평생 누군가에게 인간적으로 먼저 다가가 본 적이 없었다.

혼인이라든가 그 외에 여러 가지 일에서도 마찬가지였다. 부모에 의 해 정해져 있던 혼담을 받아들이고 누군가가 정해 준 안전한 길을 달 려왔을 뿐이다. 평생을 돌이켜 봐도 그가 누군가에게 먼저 접근해 본 적은 한 번도 없었고, 다른 누군가가 접근해 와 준 적은 손에 꼽을 정 도로 적었다.

하지만 스스로 만족스러운 삶이라고 생각했다.

산법에 미쳐서 그것에 파묻혀 살았기에 가족을 돌보지 못했지만 스 스로는 매우 행복했다.

'이런 것인가?'

남에게 그다지 기대를 하지 않는 성격 때문일까?

누군가가 이렇게 기대에 찬 얼굴로 자신을 바라봐 준다는 게 이토록 설레고 흥분되는 일이었다니.

"스승님이 저를 받아 주셨으니 부족한 제자는 앞으로 열심히 배움을

청하겠습니다.”

조기천은 그제야 제정신을 차렸다.

어쩌면 자신은 정말 대단한 녀석을 제자로 받아들인 것일지도 몰랐다.

지금까지는 별반 그런 생각이 없었는데 녀석과 정면으로 마주하고 있으니 그런 생각이 불현듯 들었다.

“지금 네 수준을 보았을 때, 너에게 직접적으로 가르쳐 줄 것은 사실 그다지 많이 없을 것 같다. 하지만 네가 지금보다 높은 곳을 바라볼 수 있게 도움을 줄 수는 있을 것이다.”

“알겠습니다.”

“앞으로 어려운 일이나 곤란한 일이 생기면 이 스승을 찾아오너라.”

“예, 스승님.”

조기천은 헛기침을 몇 번 했다. 그리고 차분하게 생각해 보았다.

제자는 이미 산법의 계산식이나 수식들은 충분히 알고 있을 것이다.

그것은 제자의 계산 실력만 봐도 알 수 있었다. 수많은 계산식과 수식들을 정말 이가 갈릴 정도로 풀어 봐야 저 정도의 실력이 나오는 것이기 때문이다.

그러면 이 아이에게 무엇을 더 가르쳐 줘야 할까?

어떤 식으로 이 아이에게 도움을 줄 수 있지?

조기천 선생의 얼굴이 한껏 진지해졌다.

그러고 보니 스스로의 만족감만 생각해서 너무 무턱대고 제자로 받아들인 것은 아닐까라는 생각이 들었기 때문이다.

조기천은 혼자서 스스로의 성급함을 자책했다.

잠시 고민해 보던 조기천은 문득 황실에서 자신이 해 왔던 일들이 생각났다. 그것들이 떠오르자 조기천 선생은 밝은 얼굴이 되었다.

처음에는 산법과 그다지 관련이 없는 줄 알았던 일들이었다. 하지만 나중에는 그것이 산법 공부에 얼마나 큰 도움이 되었는지 알게 되었다.

"너에게 이제부터 숙제를 내주겠다."

숙제?

초류향은 잠자코 듣고 있었다.

스승님은 제자의 능력이 어느 정도나 되는지 정확히 알지는 못해도 거의 실제에 가깝게 짐작하고 있을 것이다.

그런데도 내주는 숙제다.

아무래도 쉬울 것 같지가 않았다.

하지만 그래야 의미가 있다.

"제자, 열심히 한번 해 보겠습니다."

조기천은 고개를 끄덕였다.

"다소 산법과 상관이 없어 보여도 분명 너에게 큰 도움이 될 것이니 심력을 쏟아 보거라."

조기천 선생은 말을 마치고 곧장 종이에 무언가를 쓰기 시작했다. 아니, 정확하게는 그리고 있다고 봐야 했다.

"이것은……."

조기천 선생은 종이에 그리던 것을 마무리 지은 후 뭔가 기대감을 담은 얼굴로 입을 열었다.

"이게 무엇인지 알아보겠느냐?"

잠시 그것을 바라보던 초류향은 눈을 반짝이며 입을 열었다.

"숫자들이 매우 유기적인 모양을 하고 있습니다. 그리고 규칙적으로 움직이고 있습니다. 동서남북. 사방을 정확하게 막고 있습니다. 그리고……."

"그리고?"

"무언가를 안에 가두고 있는 느낌입니다."

조기천은 고개를 끄덕였다. 그리고 겉으로 표현하지는 않았지만 속으로는 엄청 놀라고 있었다.

확실히 그가 받은 제자의 능력은 뛰어났다.

자신이 과거 처음에 이러한 것을 보았을 때는 무엇을 의미하는 것인지 전혀 몰라보았지 않은가?

그런데 제자는 달랐다. 저것이 무엇을 의미하는지, 어떤 곳에서 사용되는지도 모름이 분명한데 정확하게 그 요체를 짚어 내고 있었다.

"지금 네가 보고 있는 것은 세상에서 진법(陣法)이라 부르는 것이다."

"진법이요?"

"그래. 그것을 내가 수열과 수식으로 풀어 놓은 것뿐이지."

조기천은 종이를 탁자에 올려놓은 다음 담담하게 입을 열었다.

"황실에서 나는 산학자로서 맡은 업무 외에 다른 한 가지 일을 겸하고 있었다."

말을 하며 탁자 위에 놓인 종이를 초류향을 향해 내밀었다.

"황실 전체를 아우르고 있는 진법을 유지하고 보수하는 일이 바로 그것이지. 당대에 나 말고 마땅히 할 만한 사람이 없었기 때문에 했었던 것이지만 지금 와서 생각해 보면 잘한 일이라고 판단된다."

조기천은 희미하게 웃었다.

그때 그것이 아니었더라면 막상 이렇게 뛰어난 제자를 받아 놓고 가르칠 것이 하나도 없을 뻔했다.

게다가 사실 조기천이 아무렇지 않은 듯 무덤덤하게 말하고 있었지만 황실에 있는 진법을 유지하고 보수하는 것은 정말 쉬운 일이 아니었다. 과거에 내로라하는 최고의 진법가들이 우르르 모여서 머리를 쥐어짜고 만들어 낸 것이 바로 황실에 있는 진법이기 때문이다.

그것을 혼자만의 힘으로 유지하고 보수했다는 걸 고려하면 조기천 역시 엄청난 능력을 가지고 있다고 봐야 했다.

"이것을 뚫어 보거라. 그것이 내가 오늘 너에게 내주는 첫 번째 숙제다."

초류향은 아까부터 종이에서 눈을 떼지 않고 있었다.

스승이 내주는 숙제가 쉽지 않을 것임은 이미 알고 있었다.

하지만 이 정도일 줄은 짐작하지 못했다.

'이건 정말 대단하다.'

진법이라는 것은 이미 여러 번 들어서 잘 알고 있었다.

한데 그것을 이렇게 숫자로 풀어서 나열할 수 있다는 건 오늘 처음 알게 되었다.

새로운 세상이었다. 그리고 그것은 초류향의 심장을 두근거리게 만들었다.

누가 뭐라 해도 초류향은 이런 쪽에 약한 인간이었던 것이다.

"해답을 가지고 찾아뵙겠습니다."

"너라면 해낼 수 있을 거라 믿는다만, 궁금한 점이 있으면 언제든지 찾아와도 좋다."

"알겠습니다."

초류향은 스승에게 읍을 한 후 곧장 자신의 숙소로 향했다.

스승님이 보여 준 진법은 언뜻 봤을 때 무척 단순하고 쉬워 보였다.

하지만 계속 들여다보니 머리가 혼란스러울 정도로 어려웠다.

그래서 흥분되었다. 아직도 산법에는 자신이 모르는 분야가 많다는 것이 숨길 수 없을 만큼 즐거웠다.

숙소에 도착해서 아무도 방에 들어오지 못하게 한 다음 종이를 펼쳐 들었다.

초류향은 그것을 바라보며 두뇌를 미칠 듯이 굴렸다.

*　　　*　　　*

초류향은 태어나서 단 한 번도 진법이라는 것을 본 적이 없다.

그냥 지나가는 풍문으로 '그러한 것이 있다' 라는 정도만 들었을 뿐이다.

그랬기에 처음 수식으로 진법을 접했을 때 전에는 한 번도 본 적 없었던 새로운 무언가가 눈앞에 펼쳐졌다.

그것은 전혀 다른 세상의 숫자 배열이었다.

이것을 완전히 이해하고 자유자재로 풀어 쓴다는 것은 어쩌면 초류향에게 있어서 불가능한 일일지도 모른다.

온전한 형태의 진법.

이런 숫자 배열로 존재하는 것이 아닌 세상에 버젓이 존재하는 실제 진법을 눈으로 본 적이 한 번도 없었으니까.

만약 이것이 진법의 형태로 눈앞에 존재했다면 초류향으로서도 어떻게 대처할 방법을 찾지 못했을 것이다.

'하지만……'

지금 눈앞에 놓인 종이에는 진법이면서 진법이 아닌 것이 그려져 있었다. 복잡한 수식들이 어지럽게 꼬여서 하나의 그림처럼 만들어져 있는 상태.

초류향은 쉽게 생각하기로 했다. 이것은 진법이 아니라 그저 산법의 다른 형태일 뿐이라고.

그렇게 마음먹자 심장이 미칠 듯 뛰기 시작했다.

세상에 분명히 존재하는 진법이라는 '어떤 것.' 그것을 이런 식으로 숫자로 표현할 수 있다는 사실에 놀라움을 금할 수 없었던 것이다.

어쩌면 그 그림 속에 있던 노인의 말이 사실일지도 몰랐다.

진법이 가능하다면 분명 다른 것들도 이렇게 수식으로 표현할 수 있을지도 몰랐다.

다만 그 방법을 모르고 있을 뿐이었다.

'천천히 하나씩. 조급해하지 말고.'

길게 호흡을 내뱉었다.

좁고 가는 호흡은 시야와 생각을 좁게 만든다. 그리고 지금은 깊은 생각과 넓은 시야가 필요했다.

천천히 호흡을 고르며 초류향은 안경을 고쳐 썼다.

진법이든 다른 무언가든, 이렇게 수식으로 쓰여 있다면 초류향에게는 문제 될 것이 없었다. 산법에 있어서만큼은 자신이 있었으니 이것도 그다지 크게 문제 될 일은 없을 것이다.

그렇게 편하게 생각하기로 했다.

하나 막상 뚜껑을 열어 보니 그 안에는 처음 보는 거대한 괴물이 웅크리고 있었다.

그리고 그것을 깨닫는 데 하루가 채 걸리지 않았다.

*　　*　　*

"역시 너에게도 찾아왔었구나."

팽가호는 싸 놓은 짐을 식솔들 모르게 담벼락 근처에 몰래 숨겨두고 있다가 화들짝 놀랐다. 갑작스럽게 뒤에서 들리는 말소리에 기겁한 것이다.

황급히 뒤를 돌아보자 환하게 웃는 얼굴의 남궁옥빈이 서 있었다.

"뭐야?"

"너도 가려는 거지?"

"어딜?"

"기련산(祁連山)."

팽가호는 속으로 욕을 내뱉었다.

"뭐냐? 너도 가문에서 사람이 왔었냐?"

"응. 그리고 너처럼 따라가겠다고 했다가 거절당했어."

남궁옥빈이 어깨를 으쓱해 보였다.

그리고 말했다.

"내가 그랬으면 너도 역시 마찬가지일 것 같아서 기다리고 있었지. 같이 가려고."

누군가가 자신의 행동을 미리 읽고 있으면 기분이 나쁜 게 당연했다.

팽가호 역시 불쾌한 기분에 혼자서 구시렁거리며 물었다.

"너 혼자 가면 되지 왜 굳이 나랑 가려고 그래?"

"상대는 마교야. 혼자서는 그곳까지 무사히 가는 게 아무래도 부담스럽거든. 솔직히 말해서 무섭다는 게 사실이겠지."

"후후, 그래서 이 형님의 도움이 필요한 게로구나. 이 형님과 함께라면 용기가 나겠냐?"

팽가호의 낯짝 두꺼운 말에 남궁옥빈은 빙그레 웃으며 고개를 끄덕였다.

"네 말이 다 맞아. 네 도움이 필요해."

"호오?"

순순히 긍정할 줄은 몰랐기에 팽가호가 턱을 쓰다듬으며 음흉하게 미소를 지었다.

"그렇게 보지 않았는데 제법 사나이다운 솔직한 대답이군. 좋다, 마음에 들었어. 이 형님이 특별히 자비를 베풀어 주도록 하지."

"고마워."

같은 오대 세가의 일원이지만 둘은 그다지 친분이 없었다.

하지만 오늘의 일을 기점으로 둘에게는 끈끈한 무언가가 생기게 될 것이다.

그들은 새벽에 식솔들의 눈을 피해 유기학당을 빠져나갈 계획을 짠 후 헤어졌다.

남궁옥빈과 헤어져서 숙소에 돌아온 팽가호는 잠시 고민에 빠졌다.

'근데 이걸 그놈에게 이야기해 줘? 아니면 그냥 가?'

갑작스럽게 자신이 사라지면 그놈이 걱정할지도 모른다.

팽가호는 초류향의 얼굴을 잠시 떠올렸다가 지우며 머리를 흔들었다.

마교와 싸우기 위해 기련산에 간다는 사실을 말한다면 그 녀석은 걱정할 것이 분명했다.

괜한 걱정은 시키고 싶지 않았다.

'에이, 금방 다녀와서 말해 주지, 뭐.'

기련산에 가서 겪을 온갖 모험담을 초류향에게 자랑할 생각을 하니 벌써부터 기대가 되었다.

*   *   *

사람이 최대한 잠을 자지 않고 버틸 수 있는 시간이 얼마나 될까? 무공으로 육체를 단련하지 않은 일반인이라면 기껏해야 사흘이 그 한계일 것이다.

그렇다면 무공도 익히지 않은 어린아이가 잠을 자지 않고 버틸 수 있는 최대한의 시간은 얼마나 될까? 모르긴 몰라도 이틀도 감당하기 어려울 것이다.

"도련님! 도련님! 식사하셔야지요!"

초류향을 모시고 있는 장 노인은 지난 이틀 동안 초조한 마음으로

밤잠을 설쳐야만 했다.

　바깥에서 웬 종이 하나를 달랑 들고 온 어린 주인님은 그때부터 작
정이라도 한 듯이 식음을 전폐하고 방에 틀어박혀 무언가를 열심히 셈
하고 있었다.

　예전에도 이렇게 무언가에 엄청나게 집중한 일이 있었기 때문에 이
번에도 이러다 말겠거니, 하고 단순하게 생각했었다.

　하나 이번은 달랐다.

　아무리 어려운 문제라도 하루면 모든 계산을 끝내던 어린 주인님은 사흘째가 되었는데도 여전히 무언가를 계산 중이었다. 그것도 잔뜩 찌푸린 얼굴로 입으로 무언가를 계속 중얼거리며 종이에 쓰고 있었다.

살짝 종이를 들여다보니 알아보기도 힘든 복잡한 숫자들과 기호들을 여러 번 겹쳐서 적고 있지 않은가?

슬쩍 본 것만으로도 머리가 아플 지경인데 어린 주인님은 그것을 여러 개 그려 놓고 아예 바닥에 뿌려 놓다시피 했다.

"식사하셔야지요, 도련님."

"……으응, 거기 대충 놔 둬, 할아범."

건성건성 말하며 무언가를 종이에 빠르게 적어 나가는 어린 주인님을 보고 장 노인은 한숨을 내쉬었다.

"이건 식으면 맛이 없습니다, 도련님. 아무래도 몸이 허하신 것 같아서 닭을 잡아 왔거든요."

"……이따 먹을게. 그냥 거기 둬, 할아범."

장 노인은 고개를 저었다. 그리고 무릎 꿇고 바닥에 앉으며 단호한 음성으로 입을 열었다.

"오늘은 기필코 다 먹는 걸 두 눈으로 봐야겠습니다, 도련님."

장 노인의 결의 가득한 음성에 초류향은 안경을 고쳐 쓰며 한숨을 내쉬었다.

뭔가가 손에 잡힐 듯 말 듯 눈앞에 아른거리는데 이런 것에 시간을 낭비할 틈이 없었다. 조금이라도 머리를 굴리고 숫자 배열을 맞추면 답이 보일 것도 같은데 이런 식으로 방해를 받으면 곤란했다.

초류향은 여전히 종이에서 눈을 떼지 않은 상태로 입을 열었다.

"밥 한 끼 굶는다고 안 죽어, 할아범."

"그렇게 말씀하신 게 지금이 몇 번째인 줄 기억하십니까? 도련님?"

"몇 번째인데?"

장노인은 건성으로 말하는 초류향을 보며 다시금 깊은 한숨을 내쉬었다.

어린 주인님은 똑똑하긴 하지만 스스로 생각하기에 가치 없다고 여기는 것은 머릿속에 잘 저장하지 않는 것 같았다.

"무려 다섯 끼째 아무것도 안 드시고 계십니다, 도련님. 이 할아범은 도련님이 걱정되어 잠도 못 자고 있어요."

초류향은 그제야 움찔하더니 종이에서 눈을 떼며 머리를 긁적였다.

"……벌써 그렇게 됐나?"

그러고 보니 며칠째 잠도 제대로 못 잔 것 같았다.

그 사실을 인지하는 순간 머리가 핑 돌았다. 어지러움이 밀려왔던 것이다.

애써 정신을 차리고 슬쩍 동경(銅鏡, 구리거울)에 얼굴을 비춰 보자, 이건 정말 가관이었다. 피로에 지친 눈은 붉게 충혈되어 있었고, 머리는 떡이 져서 꼬질꼬질해 보였다.

입을 헤 하고 벌린 상태로 그 모습을 잠시 지켜보던 초류향은 피식 웃으며 안경을 벗었다.

"상태를 보니까 씻는 게 먼저겠네. 식사는 그다음에 할게, 할아범."

"도련님……."

"걱정시켜서 미안해. 할아범도 가서 쉬어."

초류향이 미안한 얼굴로 말하자 장 노인은 자신의 짓무른 눈을 손등으로 훔치며 말했다.

"아닙니다. 일단 씻을 물부터 받아 놓겠습니다. 식사 먼저 하고 계세요."

초류향은 자신을 억지로 밥상에 앉히는 장 노인의 손길을 거부할 수가 없었다. 자신만큼 초췌해 보이는 늙은 하인의 얼굴을 보니 불현듯 너무 미안해졌던 것이다.

어찌 되었든 그렇게 밥상 앞에 앉아서 김이 모락모락 올라오는 삶은 닭을 멍하게 쳐다보던 초류향은 점차 가슴이 답답해져 옴을 느꼈다.

'접근 방식이 잘못된 건가.'

손에 잡힐 듯 아른거리는 그것이 도무지 그 실체를 보여 주지 않았다.

스승님이 그려 주신 진법의 도해(圖解, 풀어서 그린 그림).

이 이름도 모르는 진법은 정말 엄청난 물건이었다.

스승님께서 장난하듯이 간단하게 그렸기에 쉽고 만만해 보였는데 그것은 순전히 착각이었다.

수십, 수백 가지의 숫자가 서로 복잡하게 얽히고 꼬여서 종내에는 그 처음과 끝이 어디인지조차 분간이 안 되는 수식의 나열들.

단순히 외부에 있는 이 복잡한 숫자들의 순서를 파악하는 것만 해도 힘든데 그 안의 실체를 들여다보면 더욱 기겁할 만한 일들이 있었다.

내부에서는 실로 무궁무진한 변화가 수시로 일어나고 있었던 것이다.

'대충 여덟 개……'

그래도 지난 사흘 동안 전혀 소득이 없었던 것은 아니었다.

진법의 움직임. 즉, 순서를 파악해 내었고, 또 그 순서들 속에서 변화를 만들어 내는 진법의 핵심.

변수(變數).

그것들의 존재를 찾아낸 것이다.

'여덟 개의 변수라.'

초류향은 지끈거리는 관자놀이를 엄지손가락으로 꾸욱 누르며 히죽 웃었다.

변수가 단 하나만 되어도 계산을 할 때 답을 찾기가 어려운 법이다.

그런데 그것이 무려 여덟 개.

고려 대상이 이렇게 많아서는 애초에 제대로 된 계산이 될 리가 없었다.

그래서 방식을 바꿨다. 별로 좋아하지도, 체질적으로도 하고 싶지 않은 단순무식한 방법. 임의의 숫자들을 변수에 집어넣고 직접 답을 하나하나 찾아 가고 있었던 것이다.

그것 때문에 시간이 너무 걸려 버렸다.

그리고 더 큰 문제는 그렇게 했는데도 답을 내지 못했다는 데에 있었다.

그 어떤 수를 대입해도 풀리지가 않았던 것.

'일단 밥 먹고, 씻은 후에 한숨 자야겠다.'

맑은 정신으로 처음부터 집중해야 할 것 같았다.

초류향은 밥상 위로 손을 뻗었다. 정신을 차려서인지 갑자기 허기가 물밀듯이 몰려왔기 때문이다.

'차라리 구주십오객이랑 싸우는 게 편하겠어.'

第五章

냉하영

구주십오객.

당금 강호에 군림하고 있는 삼황오제칠군.

그 열다섯 명의 초인들을 일컬어 사람들은 구주십오객이라 부르며 칭송했다. 이들은 제각기 자신들만의 방식으로 인간의 한계라 불리는 경지인 조화경에 도달한 초인들로서 서로 간의 영역이 분명했다.

그들 한 명, 한 명이 능히 웬만한 문파 하나 수준의 무력을 지니고 있었고, 그들의 행보 하나하나에 온 천하가 들썩였다.

그런 구주십오객들 중에서도 가장 상위에 올라 있으며 다른 초인들과는 그 격이 다르다고 알려진 인물들.

즉, 세 명의 삼황.

그들은 각기 정(正), 사(邪), 마(魔)를 대표하는 인물들이었다.

여러 호사가들이 이들의 우열을 놓고 많은 이야기를 하고 있었지만 이십 년 동안이나 그 결론이 나지 않았다. 게다가 이들은 각각 서로 간에 그 우열을 가늠할 수가 없는 최고의 위치에 있었기 때문에 호사가들은 이들의 싸움을 평생에 한 번이라도 보는 것이 소원이었다.

먼저, 호사가들이 평가하기에 가장 고수라 여겨지는 인물.

정파의 오연히 떠 있는 태양이자 검의 본산이라 불리는 무당파가 낳은 이 시대 최강의 검객.

태극검황(太極劍皇) 백무량(伯武兩).

서른 살의 나이에 강호에 등장하자마자 화경의 무학을 세상에 보여주며 화려하게 자신의 존재를 강호에 각인시킨 절대 고수다. 강호에 등장하고 사십 년 동안이나 그 적수를 찾지 못했고, 현재는 정파의 연합이자 강호의 평화를 위해 존재한다는 정도맹(正道盟)의 맹주였다.

그의 또 다른 별호가 무적검객(無敵劍客)일 정도이니 현 강호에서는 그 적수가 없다고 봐도 무방했다. 그리고 백무량은 삼황 중에서 유일하게 세상에 스스로의 존재를 과시하고 있는 초인이었다.

두 번째로 삼황 중 가장 신비로운 인물.

바로 사파의 지존이라 불리는 흑월회(黑月會)의 전 회주이자 지옥의 사신.

흑월야황(黑月夜皇) 냉무기(冷武器).

그가 속한 흑월회는 본디 사파의 그저 그런 중소 문파들 중의 하나였다. 하나 그것도 모두 희대의 사신 냉무기가 등장하기 전까지의 일이다. 냉무기가 등장한 후로 흑월회는 변했다.

강호의 은원(恩怨) 처리를 대행해 주는 사업.

즉, 자객 계통에서 흑월회는 어느 순간 독보적인 위치에 올라서더니 곧 그 이름을 사파 최고의 자리에 올려놓게 되었다.

강호의 무인들이 가장 두려워하는 밤의 황제.

검은 달의 방문을 받고 살아남은 사람은 이 세상에 단 한 명도 없었다.

알려진 바로는 냉무기가 한 암살행은 고작 스무 건 남짓. 삼황의 하나라 알려진 그의 이름값에 비해 암살을 행한 횟수는 지극히 적었다.

하지만 그가 죽인 인물들의 면면을 보면 입을 다물 수가 없었다.

하나하나가 초거대 문파의 수장들이거나 그에 버금가는 인물이었다. 과거 구주십오객 이전의 초인들이라 불렸던 절대십객(絕代十客), 그 열 명의 절대 고수들 중 무려 여섯 명이 냉무기의 암살 명단에 있었던 것이다.

무공이 완성되는 조화경에 이르면 전신 감각이 극대화되어 초감각이 열린다. 그 때문에 암습이나 암살 따위로는 상대를 죽일 수가 없게 된다.

그 말은 오로지 정면으로 승부해서 상대방을 죽여야 한다는 말이 되는데 그런 정면 승부에서는 자객이 절대적으로 불리했다.

한데 그런 불리한 조건 속에서도 야황(夜皇) 냉무기는 조화경의 고수들을 무려 여섯이나 죽였다. 그건 상대방보다 최소한 한 수 이상, 아니, 적어도 두 수 이상의 고수라는 말이 되었다.

때문에 냉무기가 강호에 일으킨 파란은 엄청난 것이었다.

그와 같은 암살행은 강호 역사상 전무후무한 일이었으니까.

냉무기가 강호에 미친 영향은 거기에서 끝나지 않았다.

냉무기의 손에 여섯 명이 죽어서 네 명에 불과했던 절대십객.

상당히 역설적인 말이었지만 냉무기의 암살행 이후로 강호에는 조화경의 신진 고수들이 대거 등장했다.

절대십객의 이름마저 유명무실해진 시점에서 냉무기의 손에 죽은 절대 고수들의 후인들과 거대 문파의 후예들이 복수를 다짐하며 뼈를 깎는 노력으로 무공의 한계를 극복했기 때문이다.

하지만 그들도 막상 절대 고수라 불리는 구주십오객의 일원이 되고 난 뒤에는 감히 냉무기를 어찌하지 못했다.

고수가 될수록 상대방이 남긴 작은 흔적 하나로 그의 무위를 어렴풋이 짐작할 수 있게 된다.

그래서 그들은 알게 되었다. 그 전에는 그저 막연하게만 생각했던 냉무기의 무력이 사실은 절대적인 경지라는 사실을.

때문에 수많은 호사가들이 삼황의 최고수는 어쩌면 냉무기일지도 모른다고 조심스럽게 주장하고 있었다.

검황(劍皇) 백무량 역시 화경의 고수를 꺾긴 했지만 불과 한두 명뿐이었다. 때문에 여섯을 죽인 냉무기가 상대적으로 확실하게 고수라 생각하는 것이다.

그러나 삼황의 마지막 한 명이자 천마의 후예.

암흑마황 공손천기.

그의 이름이 거론되면 말 많던 호사가들도 숨을 죽일 수밖에 없었다.

강호에 공포로 군림하던 천마신교.

과거부터 천마신교가 움직이면 천하가 피바다에 잠기기 일쑤였다.

공손천기는 그런 막강한 세력의 주인이자 역대 천마신교 역사상 가장 강한 고수라 칭송되어 왔다.

하나 그의 존재는 강호에서 조금 묘한 위치에 있었다.

삼황의 하나로 불리는 마황(魔皇) 공손천기는 여태껏 단 한 번도 강호에 나와 본신의 무력을 세상에 보여 준 적이 없었다.

모두가 그의 무위를 궁금해했다.

하지만 그뿐이다.

그의 실력에 대해서는 그 누구도 의구심을 표하지 못했다. 그가 이끌고 있는 세력의 강대함이 그 모든 의심을 불식시킬 만큼 엄청난 것이기 때문이다.

"그러니까 아버지 말의 요점은 천마신교의 공손천기가 삼황 중의 하나인 건 인정하지만 그들 중 제일 무력이 떨어진다는 말이죠?"

"아마도 그럴 거라는 이야기지."

지혜로운 눈빛의 소녀.

그녀는 아버지를 보며 눈썹을 가운데로 모았다.

"뭐예요, 그럼? 확실한 게 아니에요?"

소녀의 아버지.

현재 사파의 하늘로 군림하고 있는 흑월회의 현 회주이자, 강호에서는 일검혈(一劍穴)로 불리며 자객 업계의 큰 축을 담당하고 있는 냉파천(冷破天).

그는 딸을 향해 약간 곤혹스러운 얼굴을 해 보였다.

"그게 말이지, 삼황의 무력은 아무도 정확하게 본 적이 없어. 대외적으로 드러내 놓고 있는 태극검황의 무공이 어느 정도 그 수위를 보여 주고 있긴 하지만, 그것도 정확한 게 아니고 그나마도 상당히 오래전 기록이니까……."

소녀의 얼굴이 아버지의 이야기가 길어짐에 따라 점점 더 찌푸려졌다. 결국 소녀는 들고 있던 붓을 바닥에 집어던지며 폭발했다.

"에이 씨, 나 안 해요! 이래 가지고 무슨 강호서열록을 만들어요? 이름만 거창하고 하나도 정확한 게 없으면서."

"그게 말이다……."

무력이라는 것이 어떠한 수치로 정확하게 표현되는 것이 아니다 보니까 아무래도 상대적으로 비교할 수밖에 없었다.

상대적으로 비교를 하려면 제일 처음 그 기준을 정확하게 정해야 하는데, 맨 처음부터 이렇게 말썽이니 그 뒤의 것들은 당연히 애매해질 수밖에 없었다.

"아니, 제일 강하다고 알려진 삼황이 이런데 그럼 그 아래에 있는 사람들은 어떻게 매겨요? 다른 구주십오객들은 정확하게 그 서열이 정해져 있어요?"

소녀의 기습적인 질문에 냉파천은 우물쭈물하며 대답했다.

"……몇몇은 그래도 정확하게 나뉘어져 있긴 해."

냉파천의 다소 흐릿한 대답에 소녀가 단호하게 말했다.

"그냥 때려치워요, 아버지. 이건 답이 없어요."

"……이대로 포기하면 장로님들한테 이 아빠 혼나……."

"아니, 그러니까 왜 쓸데없이 일을 벌여서 이 난리를 쳐요? 할아버지가 은퇴했으니까 이제 숨죽이고 살아도 모자랄 판에, 왜 분란을 자

초해요?"

소녀의 따끔한 질책에 냉파천은 찔끔한 얼굴로 대답했다.

"이 아빠가 그래도 명색이 회주인데 체면이라는 게 있잖니……."

"그딴 체면이 밥 먹여 줘요? 전에도 말했잖아요. 그냥 회주직 물려 주라니까요?"

"그건 좀 그렇잖아……. 아버지가 물려주신 건데, 바로 내려놓으면 이 아빠 입장이 난처해져."

"으아악!"

소녀는 빽 하고 소리를 지른 후 냉파천에게 계속 잔소리를 해 댔다.

그러다 결국 답답함에 자신의 가슴을 팍팍 치며 말했다.

"늙은 생강이 맵다는 말 몰라요? 아버지는 장로 할아버지들한테 당한 거라니까요?"

냉파천은 그제야 약간 주눅 든 얼굴로 고개를 끄덕이며 입을 열었다.

"그 노친네들이 이 아빠가 요새 놀고 있다고 어찌나 무시를 하던지, 이번 일은 정말 어쩔 수가 없었어……. 뭔가를 보여 줘야 했다니까?"

"……."

소녀는 입을 앙다물었다.

자신의 아버지였지만 저 주먹구구식의 일처리가 너무 한심하게 느껴졌기 때문이다.

'뭔가 전환점이 필요해.'

소녀는 진지한 얼굴로 생각에 잠겼다.

더 이상 아버지에게만 일을 맡기고 있을 수만은 없다고 여긴 탓이다.

가만히 생각해 보면 장로들의 변심은 확실히 눈에 띄게 커다란 변화였다.

흑월회의 덩치가 커지면서 이래저래 엄청난 이권들이 생겨나기 시작했다.

자객 집단이니 이윤을 추구하는 사업을 따로 드러내고 할 수 없음에도 불구하고, 여러 가지 보호 비용 등을 명목으로 본업 외에도 막대한 수입이 들어오기 시작한 것이다.

그 천문학적인 금액들은 야황 냉무기가 회주로 있을 때는 아무런 문제를 일으키지 않았다.

그가 하는 말이 곧 법이었고, 그가 하는 모든 행위가 경외의 대상이었기 때문이다.

하지만 그런 대단한 재능이 아들인 냉파천에게 있을 리 없었다.

냉파천이 회주직을 물려받자마자 그 단단해 보이던 흑월회의 조직력에 아주 조금씩이지만 균열이 가기 시작했던 것이다.

"아버지가 계실 때는 나랑 눈도 못 마주치던 노친네들이 어떻게 한순간에 그렇게 변할 수 있지? 세상 참 무서워."

소녀는 아버지의 투덜거림에 한숨을 내쉬었다.

"사람이 다르잖아요, 아버지."

소녀의 직설적인 말에 냉파천은 가슴 아픈 표정을 지어 보였다.

"……나도 우리 아버지가 대단한 건 인정하지만 내 딸이 그렇게 말하니까 너무 마음이 아프네. 슬퍼진다."

"현실을 말하는 거예요, 전."

냉파천의 아버지이자 소녀의 할아버지.

삼황의 한 명인 냉무기와 그의 아들인 냉파천은 그 기량이 비교할 수 없을 만큼 차이가 났다.

인격이면 인격, 무력이면 무력.

냉무기는 냉파천과 그릇이 다른 것이다.

"이제야 겨우 할아버지의 그늘에서 벗어났으니 장로들도 어깨에 힘 좀 주고 다니고 싶어졌나 보죠. 그냥 포기하세요. 다른 사람에게 회주 자리 물려주고 우리도 편하게 좀 살아 봐요."

소녀.

삼황의 한 명인 냉무기의 손녀인 그녀의 이름은 냉하영이다.

어릴 때부터 영특하기로 이름 높아 천하의 재녀(才女)가 될 거라 입이 닳도록 칭찬받던 그녀는 솔직히 지금의 상황이 잘 이해되지 않았다.

아버지는 예상 못 했겠지만 할아버지인 야황 냉무기라면 작금의 사태를 분명히 짐작했을 것이다.

그런데도 그냥 방치하고 있다는 것은 무언가 다른 생각이 있다는 뜻.

'그걸 모르겠단 말이야.'

솔직히 그녀의 아버지였지만 냉파천은 초거대 문파로 성장한 흑월회의 회주 자리를 맡기엔 그릇이 모자랐다.

그것도 아주 많이 모자랐다.

무력이야 좋은 핏줄로 인해 절정 고수 수준까지 올라갔기에 다소 아쉬운 점은 있더라도 그럭저럭 눈감아 줄 만했다.

하지만 인격으로나 지도력으로나 회주 자리를 맡기엔 역량 부족이다.

그에게는 지도자가 가져야 할 능력과 인간적인 매력, 양쪽이 모두 없었던 것이다.

때문에 냉하영은 지금의 사태를 굉장히 회의적으로 보고 있었다.

그녀의 아버지는 분수에 맞지 않는 자리에 앉아 있는 것이라 생각했다.

냉하영은 혼자 고민하다가 깊은 한숨을 내쉬었다.

적어도 사람 보는 눈 하나만큼은 천하에 냉무기를 따라올 사람이 없었다.

그런데도 아무리 핏줄이라지만 그토록 무능력한 아들에게 흑월회를 맡겨 놓고, 아니, 방임해 놓고 있는 이유가 무엇일까?

'다른 생각이 있는 건가?'

냉하영은 생각에 잠겼다.

할아버지인 냉무기는 은퇴를 선언한 이후 그 행적이 모호했다.

처음에는 냉무기가 은퇴했어도 다들 냉파천의 존재를 인정하고 존중해 주었다.

그건 그의 능력에 대한 대우라기보다는 뒤에 있는 냉무기의 그림자가 너무 거대했기 때문일 것이다.

흑월회가 급격한 성장을 하며 덩치를 키울 때, 사파에서 한가락 한다는 고수들이 봉공과 장로라는 이름으로 영입됐다.

그런 그들도 전관예우 차원에서 냉파천의 회주직 계승을 선선히 인정해 주었다.

그렇게 인정받고 있었을 때 무언가를 확실히 보여 줘야 했는데 그러

기엔 냉파천의 지닌바 실력이 부족했다.

시간이 지날수록 냉파천의 부족한 역량이 드러나자 장로들은 그제야 억눌렸던 욕심을 꺼내 보이기 시작했다.

흑월회는 앞서 말했다시피 초거대 문파였다.

그것도 강호에서 무려 세 손가락에 꼽히는 삼패(三覇) 중 하나.

이 정도면 욕심을 부릴 만하지 않은가?

비록 냉무기의 이름이 아직도 그들을 두렵게 했지만 그동안 지켜본 바에 의하면 더 이상 그는 이곳에 뜻을 두지 않음이 분명했다.

그걸 확신하면서도 장로들은 조심스러웠다.

그들은 냉무기의 거대한 존재감에 겁을 먹고 쉽게 움직이지 못하고 있었다.

하지만 장로들이 완전히 손을 놓고 있는 것은 아니었다.

조심스럽지만 분명한 탐욕의 이빨을 내보이며 은근하게 냉파천을 들들 볶아 대고 있는 것이다.

'그것도 여기까지일 거야.'

냉하영이 짐작하기에 이번이야말로 최후의 통첩일 것이다.

장로들의 인내심도 슬슬 한계에 부딪쳤을 테니까.

만약 이번 일을 제대로 못 해낸다면 냉파천의 생각만큼 단순히 혼나는 일 정도로 끝나지는 않을 터.

냉하영은 그것이 염려되었다.

"아무래도 할아버지를 뵙고 와야겠어요."

"아버지?"

냉파천은 눈을 동그랗게 떴다.

몸을 숨기고자 작정한 냉무기의 행방은 천하의 그 누구도 모른다.

그랬기에 아들인 냉파천도 그동안 만나고 싶어도 만나지 못했던 것이다.

"딸, 아버지가 있는 곳을 알고 있었어?"

"아뇨."

"그런데 어떻게 만나겠다는 거야?"

"짐작되는 곳이 있어요."

냉하영은 자리에서 일어섰다.

천하의 그 누구도 몸을 숨기려고 작정한 냉무기를 찾아낼 수 없을 것이다.

하지만 냉하영은 찾을 수 있었다.

"할아버지가 떠나시기 전에 아버지에게 말했던 걸 잊었어요?"

"어디 가신다는 말을 했었나?"

아무리 머릿속을 더듬어 봐도 냉무기가 그런 언질을 해 준 기억이 없었다.

냉파천은 정말 심각한 얼굴로 계속 생각해 보았다.

하지만 역시 없었다.

"혹시 아버지가 딸한테 그런 말을 따로 해 주셨니?"

"아뇨. 어디 가신다고 따로 하신 말은 없었죠."

냉하영은 빙그레 웃었다.

그것은 분명한 자신감이었다.

"하지만 저는 찾을 수 있어요."

냉무기는 떠나기 전 그의 아들인 냉파천에게 회주 자리를 물려주며 이렇게 말했다.

"그동안 쓸데없는 문제들에 치여서 나 자신을 되돌아볼 시간이
없었다. 이제 나도 할 만큼 했으니 맨 처음 무공을 시작했던 초심
으로 돌아가 다시 무공을 정리하려 한다. 그러니 웬만하면 귀찮게
하지 마라. 어차피 너는 찾지도 못하겠지만."

그때 냉무기는 그 말을 하면서 냉하영에게 넌지시 의미심장한 시선
을 주었다.
그리고 어릴 때부터 영특했던 냉하영은 그때 이미 냉무기의 말 속에
서 숨겨진 다른 뜻을 찾아냈던 것이다.
"기련산에 잠깐 다녀올게요."
기련산.
냉무기가 기련검마(祁連劍魔)를 만나 그를 스승으로 모시고 최초로
무공을 배운 곳이었다.
그랬기에 냉하영은 확신했다.
분명히 할아버지는 그곳에 있을 것이라고.

第六章

초류향의 진법

　하루 푹 쉬고 일어난 초류향은 뒷마당에 서서 나뭇가지 하나를 손에 쥔 채 심각한 얼굴로 무언가를 고민하고 있었다.

　아무래도 스승님이 내준 숙제를 해결하려면 접근 방식을 바꿔야 할 것 같았다.

　그래서 고민하고 또 고민했다.

　고민 끝에 생각해 낸 방식은 이제 보니 여러모로 제한 사항이 많았다.

　그랬기에 실행에 앞서 한참을 망설였다.

　그때 불현듯 아버지가 평소에 입버릇처럼 하신 말씀이 떠올랐다.

　'일을 해 보지 않고서는 그것에 대해 후회할 자격도 없다.'

　백번 맞는 소리였다.

초류향은 결국 아버지의 말씀을 떠올리고 마음을 굳혔다.

제법 결연한 얼굴로 초류향은 바닥에 천천히 선을 긋기 시작했다.

신중한 얼굴.

지금 초류향의 눈에는 세상의 모든 만물은 사라지고 오로지 바닥에 그려지는 한 줄기 굵은 선만이 들어왔다.

'이건 처음이 제일 중요한 작업이다.'

지금 하려는 일은 정말 어려운 일이었다.

하지만 그랬기에 즐거움도 있었다.

초류향은 힘을 조절해 가며 고도의 집중력을 발휘해 바닥에 제일 처음 한 줄기의 선을 그렸다.

선의 굵기까지 세심하게 조절하여 할 수 있는 한 최대한 균일하게 그 깊이를 맞췄다.

그렇게 완성된 선은 기껏해야 어린아이 하나가 누우면 딱 길이가 맞을 정도의 선이었다.

그것 하나를 긋는 데 무려 일다경이 소모되었다.

"후우⋯⋯."

그런데 진짜 문제는 지금부터였다.

초류향은 천천히 숨을 고르며 심혈을 기울여 처음의 선과 평행되는 또 하나의 선을 바닥에 그렸다.

그리고 몇 번이고 확인해 가며 둘의 대칭을 완벽에 가깝게 맞추었다.

그 작업을 시작으로 초류향은 총 여덟 개의 선을 바닥에 그렸다.

무려 반 시진에 걸친 지난한 작업.

하지만 초류향은 묵묵하게 선을 그려 나갔다.

그리고 결국 마지막 선을 다 그리고 나자 초류향의 전신은 땀으로 흥건하게 젖어 있었다.

그 정도로 집중한 것이다.

코끝까지 내려온 안경을 다시 올려 쓴 초류향은 이마의 땀을 소매로 닦으며 자신이 그린 작품을 바라보았다.

"후후⋯⋯."

바닥에 완성된 작품은 좌우 대칭이 놀랍도록 딱 들어맞는 팔각형이었다.

이것이 바로 조기천 스승님이 수식으로 보여 주었던 그 이름도 모르는 진법.

그것을 직접 바닥에 그려 놓은 것이었다.

'아직 하나가 남았지.'

여기가 끝이 아니었다.

마지막으로 하나의 작업이 남아 있었다.

팔각형을 감싸는 둥근 원.

그것마저 다 그려 놓아야 비로소 진법이 완성되는 것이다.

초류향은 마른침을 삼켰다.

그리고 천천히 팔각형을 덮는 원을 그리기 시작했다.

나뭇가지가 그의 손끝을 따라 움직이며 둥근 원을 완만하게 그려 갔다.

그러다 최후의 순간, 즉 한 번만 더 손을 대면 원이 완성되는 시점에서 초류향은 멈칫했다.

'설마……'

수식에 적혀 있는 대로라면 이 원이 완성되는 순간 진법이 발동된다.

그리고 일단 발동된 진법은 천하에 다시없을 장사라도 한 번 갇히면 뚫을 수 없을 만큼 견고하고 단단했다.

하나 그 말을 완전히 믿을 수 없었다.

고작 선 몇 개 그어 놓는다고 해서 그런 초자연적인 일이 현실에서 일어날 것이라고는 도저히 생각할 수 없었던 것이다.

불신과 믿음.

두 개의 상반된 감정 사이에서 초류향은 갈등하고 있었다.

평소부터 스스로를 지극히 합리적이고 이성적이라 생각해 왔던 초류향이었기에 이런 모순적인 갈등은 너무도 생소했다.

'정말 될까?'

한참을 머뭇거리며 생각하던 초류향은 결국 진법의 바깥으로 조심스럽게 걸어 나왔다.

불확실한 것에 도박을 걸 필요가 없다고 생각한 것이다.

그리고 바깥으로 나와 원의 마지막 부분을 완성시켰다.

'이제 된 건가.'

초류향은 뻣뻣하게 굳은 얼굴로 완성된 진법의 변화를 살펴보았다.

조기천 스승님이 단순히 수식으로 표현했던 진법은 지금 초류향의 손에서 완벽하게 재현되어 있었다.

수식에 적혀 있는 대로라면 지금 저 안은 상상도 못 할 어마어마한 압력이 작용하고 있을 터.

비록 그 크기를 십분의 일로 줄여서 그렸기에 위력 역시 그만큼 줄어들었겠지만 그래도 저 안에는 사람이 감히 감당하기 어려울 만큼의 압력이 작용하고 있을 것이었다.

'정말 그럴까?'

진법을 바라보던 초류향의 자세가 조금 편안해졌다.

시간이 지나도 진법에는 아무런 변화가 없었기 때문이다.

마음속에서 의심이 서서히 고개를 쳐들기 시작했다.

정말 저 안에서 수식에 적혀 있던 비현실적이고 초자연적인 현상이 일어나고 있는 것일까?

수식대로라면 저 안에 들어가는 순간, 단순한 압력뿐만이 아니라 광폭한 태풍과 천둥 번개를 동반한 비바람이 몰아치는 환상이 쉼 없이 보일 것이다.

그리고 그 환상은 시간이 지날수록 심해지다가 결국 실체가 되어 안에 들어간 사람을 죽이게 될 것이다.

'믿기 어렵다.'

불신감이 빳빳이 고개를 쳐들었다.

하지만 묘한 것은 차마 저 안에 들어갈 용기가 나지 않는다는 점이었다.

"끙……."

초류향은 뭐 마려운 강아지처럼 한동안 진법 주위를 빙빙 맴돌며 갈등했다.

처음에 진법을 이렇게 직접 그린 이유는 단순했다.

수식으로는 도저히 풀 방법이 생각나지 않았기에 직접 그려 보고 몸으로 부딪쳐 보면 해답이 나오려니 생각했던 것이다.

하지만 막상 진법을 완성하고 보니 또 다른 문제가 있었다.

그저 진법을 완성한 걸로 끝이 아니었다.

직접 안으로 들어가지 않는 이상 해결 방법이 없어 보였던 것이다.

한참을 열병 걸린 환자처럼 끙끙 앓으며 고민하던 초류향은 결국 고개를 저었다.

아무래도 저 안에 들어가 봐야 할 것 같았다.

하지만 도저히 그냥 들어갈 수는 없었다.

안전을 확실히 보장할 만한 무언가가 필요했다.

한참을 곰곰이 생각하던 초류향은 이윽고 엉덩이를 털고 일어나 숙소로 돌아갔다.

잠시 후 초류향은 손에 무언가를 들고 다시 나왔다.

족히 삼 장은 되어 보이는 굵은 밧줄.

그것을 뒷마당에 서 있는 아름드리나무에 꽉 묶은 후 본인의 허리에도 단단히 동여맸다.

그러자 조금은 마음이 든든해졌다.

'여차할 경우를 대비해서야.'

실제로 진법이 제대로 발동할지조차 의문이었지만 만약을 대비한 것이었다.

진법이 발동하면 허리에 묶은 밧줄을 잡고 밖으로 나올 생각이었다.

애초에 과연 진법이 제대로 발동할지 의심하면서도 한편으로는 철저히 대비책을 세우는 꼼꼼한 면모를 보인 초류향은 천천히 호흡을 골랐다.

그리고 조심스럽게 한 발을 진법 안으로 밀어 넣었다.

탁—

발이 진법 안에 들어가 바닥을 내딛자 본능적으로 몸을 바짝 움츠린 초류향은 잠시 후 복잡한 표정을 지어 보였다.

잔뜩 긴장했건만 막상 들어가 보니 아무런 일도 일어나지 않았기 때문이다.

한 발을 어정쩡하게 진법 안으로 집어넣고 나머지 한 발은 깨금발로 선 채 진법을 살펴보았다.

'……몸 전체가 들어가야 발동되는 거였던가?'

초류향은 빠르게 머릿속에 저장된 수식을 되짚어 보았지만 거기에는 그런 내용이 적혀 있지 않았다.

안도감과 함께 정체를 알 수 없는 실망감이 전신에 내려앉았다.

내심 초자연적인 현상들을 기대하고 있었던 모양이었다.

초류향은 복잡미묘한 얼굴로 나머지 한쪽 발을 들었다.

그리고 입맛을 다셨다.

'정말 몸이 완전히 들어가면 진법이 발동할까?'

하지만 이미 안 될 거라는 생각이 들었다.

상당히 회의적인 기분에 빠진 것이다.

한 시진 정도 땀을 뻘뻘 흘리며 만든 것이 아무런 효용도 없다고 생각하니, 허탈감이 전신을 가득 채웠다.

그럼에도 불구하고 초류향은 허리에 매여 있는 밧줄을 한 번 더 매만졌다.

'그래도 만에 하나라는 것이 있으니까.'

만사 불여튼튼이라는 말이 있다.

만에 하나라는 확률로 진법이 발동된다면 지금으로선 이 밧줄이 가장 확실한 생명줄이 될 것이다.

'간다!'

초류향은 속으로 기합을 내지르며 남은 한쪽 발마저 진법 안에 집어넣은 다음 눈을 부릅떴다.

"……!"

역시, 씁쓸한 일이지만 진법은 발동되지 않았다.

허리에 매여 있는 밧줄.

그것을 하얗게 변할 정도로 꽉 움켜쥐고 있는 두 손이 다 민망할 지경이었다.

초류향은 빠르게 주변을 둘러보았다.

다행히 아무도 보는 사람이 없었다.

만약 누군가가 이 모습을 처음부터 지켜보고 있었다면 민망함에 자결이라도 했어야 할 기분이었다.

'참담하군.'

초류향은 한참을 진법 안에서 우두커니 서 있다가 곧 어색하게 웃으며 바닥에 그려져 있던 선을 발로 슥슥 지웠다.

이제는 누군가가 볼지도 모르는 흔적조차 남겨 놓고 싶지 않았던 것이다.

'스승님이 농담도 하실 줄 아는 분이셨나.'

그렇게 진지하고 근엄한 얼굴로 농담을 하고 있는 조기천 스승님을 떠올리니 왠지 어울리지 않았다.

하지만 스승님이 적어 준 수식에는 진법 안에 들어가면 정말 경천동지할 엄청난 광경이 펼쳐진다고 적혀 있었다.

한데 막상 실제로 뚜껑을 열어 보니 이건 너무도 허무맹랑한 결과가 아닌가?

이게 단순히 농담이라면 당하는 입장에서는 너무 참담한 결과였다.

'질 나쁜 농담을 하셨습니다.'

속으로 그렇게 스승님을 원망하며 진법의 흔적을 지워 가던 초류향은 불현듯 무언가가 떠올라 전신을 부르르 떨었다.

그는 바닥을 지우던 발을 멈춰 세웠다.

그리고 눈을 빛냈다.

'변수!'

생각해 보니 수식에서 어렵게 찾아낸 여덟 개의 변수를 이 진법에는 그려 넣지 않았다.

아니, 그려 넣지 못했다는 것이 정확할 것이다.

변수라는 것은 말 그대로 어떻게 변할지 예측할 수 없기 때문에 변수라 불린다.

그것을 대체 어떻게 진법 안에 그려 넣어야 한다는 말인가?

의문이 떠오르자 생각이 꼬리에 꼬리를 물고 계속해서 이어졌다.

궁리를 하고 있는 것이다.

초류향은 밧줄을 손에 쥔 채로 어정쩡하게 서서 그렇게 한참을 궁리했다.

그러던 어느 순간 머릿속을 스쳐 가는 작은 실마리에 다시금 전신을 부르르 떨었다.

"설마 내부에서 변화하는 수 중 하나가 아니라, 외부에서 가져와야 하는 수였다면?"

할 수 있는 모든 계산을 다 해 봐도 찾아내지 못했다면, 애초에 존재하지 않았기 때문이라고 봐도 무방하지 않을까?

초류향은 허리에 묶인 밧줄을 허둥지둥 풀고 뒷마당을 미친 망아지처럼 한참 동안 뛰어다니기 시작했다.

무언가를 찾고 있는 것이다.

잠시 후 초류향의 손에 들려 있는 것은 제각기 다른 모양을 한 여덟 개의 돌멩이들.

그것들을 손에 든 초류향은 환하게 웃었다.

마치 금덩어리라도 찾은 듯한 얼굴이었다.

"그래, 이게 바로 변수였던 거야. 똑같지만 얼마든지 변화할 수 있는 수!"

돌멩이들은 그 모양이 제각각 다르다. 아니, 처음부터 똑같은 크기와 똑같은 형태의 돌멩이는 이 세상에 존재하지 않는다.

인위적으로 그렇게 만들려 해도 절대 만들 수 없다.

아무리 돌멩이들이 같은 성분으로 이뤄져 있다고 해도 그 크기나 모양, 무게는 똑같지 않기 때문이다.

'같은 물체라 해도 그 모든 것의 형체와 내용을 다르게 만드는 게 자연이다.'

게다가 초류향은 사물의 근원적인 가치를 볼 수 있는 정관법을 알고 있었다. 그것으로 일일이 확인하고 가져온 이 돌멩이들은 그 어떤 것보다 훌륭한 변수가 되어 진법을 완성시켜 줄 게 틀림없었다.

초류향은 나뭇가지를 다시 주워 와 바닥에 진법을 그렸다.

처음처럼 엄청 신중하지도 세심하지도 않았지만 거침없이 훼손된 진법을 완성시켜 나갔다. 그렇게 처음과는 미묘하게 다른, 약간 헐거워 보이는 형태의 진법이 완성되었다.

초류향은 그 진법 안에 서서 돌멩이들을 팔각형의 꼭짓점 부분에 하나씩 올려놓기 시작했다.

깨달음이 찾아온 것일까?

돌멩이를 하나씩 내려놓는 초류향의 거침없는 손길이 흥분으로 잘게 떨리고 있었다.

'진법 역시 처음부터 세심하게 맞춰 가면서 그릴 필요가 없었다. 기운이 의도한 대로 흐를 수 있게만 그려 놓아도 알아서 발동할 터.'

만약 모자라게 그려진 부분이 있다면 기운이 모여서 그 부족한 부분을 채울 것이다.

과하게 그려져 있다면 기운이 알아서 그곳에서 빠져나올 터.

그렇게 하나를 깨달으니 다른 깨달음이 연속적으로 찾아왔다.

정신없이 쏟아지는 깨달음으로 인해 초류향은 지금 가장 중요한 사실을 잊어버렸다.

마지막 돌을 팔각형의 꼭짓점에 올려놓은 바로 그 순간.

"어?"

초류향의 몸이 그 자리에서 연기처럼 사라졌다.

第七章
제갈량의 후예

천하 오대 세가.

천하에서 가장 이름이 높은 다섯 개의 가문을 말한다.

오대 세가의 첫째로 불리며 천하제일 세가라는 위명이 있는 남궁세
가, 사천의 패자로 군림하고 있는 사천당가, 하북의 지배자인 하북팽
가, 요녕성이라는 강호의 변두리에 위치해 있지만 몰락한 왕족의 혈통
을 잇고 있는 모용세가.

그리고…….

천하 오대 세가들 중 가장 말석으로 취급받는 천덕꾸러기 세가이자,
항상 무공보다는 뛰어난 지략으로만 평가받는 호남성의 제갈세가가
있었다.

"모두가 이미 알고 있겠지만 오늘부터 당분간은 가문의 진법을 보수해야 하므로 세가의 모든 외부 업무를 중단하겠습니다."

문사 차림의 중년인.

그가 바로 현 제갈세가(諸葛世家)의 가주이자 강호에서는 군자검(君子劍)이라 불리는 제갈상린(諸葛上麟)이었다.

제갈상린은 현재 제갈세가에서 현역으로 활동하고 있는 모든 인원이 모인 이 자리에서 가장 상석에 앉아 회의를 주도하고 있었다.

그의 바로 앞에 있는 탁자.

좌우로 각각 열 명씩의 사람들이 앉아 있는 이 직사각형의 기다란 탁자 위에는 지금 성인 남자 한 명은 족히 들어갈 정도로 큰 금속 상자가 놓여 있었다.

제갈상린은 탁자 위의 상자를 앞으로 가볍게 밀어 놓으며 편하게 입을 열었다.

"대외적인 일의 모든 진행은 가장 맏이인 제갈기(諸葛器)가 맡도록 하고, 대내적으로 은밀함이 필요한 일은 차남인 제갈무휘(諸葛武輝)가 맡겠습니다."

사전에 어느 정도 논의된 일인 듯 대전 안의 모든 인원이 고개를 끄덕였다.

그 모습을 본 제갈상린은 대전의 가장 끄트머리.

그곳에서 서로 마주 보고 앉아 있는 두 명의 영준한 청년을 바라보며 입을 열었다.

"너희들도 알겠지만 이번 일은 앞으로 세가의 십 년을 결정짓는 가장 큰 행사라고 할 수 있다. 때문에 지금부터는 가문의 모든 어른이 너희들의 일거수일투족을 주시하고 계실 것이다. 하니 작업에 단 한 치의 실수라도 있어선 안 될 것이다."

"알겠습니다."

"명심하겠습니다."

제갈기와 제갈무휘가 대답하고 나자 제갈상린은 좌중을 둘러보며 입을 열었다.

"이 아이들의 능력을 믿고 있지만 그래도 사람 일은 모르는 것이니 장로님들 중에 한 분씩 나서서 도움을 주셨으면 하는데 어떻습니까?"

"본인이 기(器)아를 도와서 대외적인 일을 진행하겠소이다, 가주."

제갈용목(諸葛龍目).

본래는 제갈세가의 식솔이 아니었지만 오래전 세가의 데릴사위로 들어와 제갈 성을 받고 세가의 일원이 된 절정 고수였다.

강호에서는 쌍수비검(雙手飛劍)이라는 별호로 유명했다.

그를 든든한 눈으로 바라보며 제갈상린은 고개를 끄덕였다.

"용목 장로님께서 첫째 아이를 도와주기로 하셨으면 안심이 되는군요. 그럼 둘째 아이는 누가 도와주시겠습니까?"

"본인이 돕겠소이다, 가주."

제갈유성(諸葛流星).

현 제갈세가의 제일 고수라 알려져 있었고, 가주인 제갈상린의 숙부가 되는 사람이었다.

그의 말에 제갈상린은 살짝 당혹스러운 얼굴을 해 보였다.

"유성 숙부님께서 이런 번거로운 일에 나서도 되겠습니까?"

"세가의 가장 큰일인데, 본인이 뒤로 물러나 있어서야 되겠소이까?"

"그렇긴 하지만……."

제갈상린은 살짝 복잡한 얼굴을 해 보였다.

다른 오대 세가도 그렇겠지만, 제갈세가 역시 무림에 그 이름을 두고 있으면서도 혈족 집단의 성향이 강했다.

때문에 직위에 대한 상명하복이 다소 흐릿했다.

경우에 따라서는 가주의 의견보다 세가 어른들의 뜻이 더 힘이 센 경우도 많은 편이었다.

특히 현재 가주보다 강한 고수로 알려져 있는 제갈유성의 경우 세가 내의 원로 고수들에게 절대적인 지지를 받고 있었다.

그랬기에 이해하기 어려웠다.

제갈세가는 다른 세가와는 다르게 장남이라도 능력이 부족하면 가주가 될 수 없었다.

다른 능력 있는 형제가 얼마든지 가주가 될 수 있다는 말이었다.

'지금껏 한 번도 움직임을 보여 주신 적이 없으시더니…….'

제갈유성의 이번 행동은 세가 내에 상당한 파장을 예고하고 있었다.

그동안 무겁게 중립을 지키며 파벌 싸움에서 단 한 번도 전면에 나선 적이 없었기 때문이다.

"본인은 둘째 아이가 마음에 드오. 그렇기에 도와주고 싶을 뿐이외다."

"……!"

제갈상린은 제갈유성의 갑작스러운 말에 놀란 얼굴을 숨기지 못했다.

평소부터 신중한 성격으로 유명한 제갈유성이다.

허언을 입에 담는 법이 없는 그가 지금처럼 공식적인 자리에서 이런 말을 한 것은 둘째 아이를 지지하겠다는 선언을 한 것이나 마찬가지가 아닌가?

'내가 미처 보지 못한 뛰어난 점이 둘째 아이에게 있었던가?'

제갈상린은 기억을 더듬어 보았지만 별다른 점은 없었다.

평소에 조용하고 책 읽기를 좋아하는 둘째였다.

차분한 것 외에는 딱히 두드러진 점이 없었다.

때문에 활동적이고 외향적이며 무공에도 뛰어난 소질을 보이는 첫째가 당연히 세가를 물려받게 될 것이라 생각했다.

그런데 이번 일을 계기로 그것도 쉽게 짐작할 수 없게 되었다.

그만큼 제갈유성의 발언은 세가에 막대한 영향을 끼칠 수 있었던 것이다.

이번 폭탄 발언으로 인해 앞으로의 후계자 결정 문제에 난항이 예상되었다.

'골치 아프구만.'

따로 나가서 이번 발언의 숨겨진 의도를 물어봐야겠다고 생각하고 있을 때, 회의에 모인 다른 사람들도 역시 당황하고 있는 것이 느껴졌다.

다들 놀란 얼굴로 제갈유성의 무덤덤한 얼굴을 훔쳐보기 바빴던 것이다.

"다음 안건은 없소이까, 가주?"

모두가 자신의 눈치를 보고 있다는 것을 안 것인지 제갈유성이 핀잔 섞인 어투로 말을 걸자, 제갈상린은 그제야 퍼뜩 정신을 차리고 허둥거리며 입을 열었다.

"다음 안건은……."

회의는 계속 진행되었지만 모두의 심정은 제갈상린과 비슷했다.

마음이 다른 곳에 가 있었던 것이다.

*   *   *

"숙부님의 뜻을 알고 싶습니다."

"내 뜻? 무엇이 더 알고 싶다는 건가?"

"정말 몰라서 물으시는 겁니까?"

"가주야말로 몰라서 묻는 건가? 내가 가주를 그리 어리석게 보고 있지는 않네만."

제갈상린은 얼굴을 찌푸렸다.

생각보다 제갈유성의 확고한 결심이 느껴졌기 때문이다.

"무휘 녀석은 가주에 어울리는 재목이 아닙니다."

"그것이 가주의 생각인가?"

"……아마 다른 어른들도 같은 생각을 하고 계실 겁니다."

"그건 걱정 말게. 오늘로 그들도 생각이 바뀌었을 걸세. 내가 장담하지."

"숙부님!"

괜한 분란을 일으키고 싶지 않았다.

세가 내에서 가주라는 권력을 차지하기 위해 형제끼리 얼마나 많은 피를 흘렸던가?

그 안 좋은 선례가 입에 담을 수도 없을 만큼 많았던 것이다.

그의 그런 심정이 얼굴에 드러난 것일까?

제갈유성은 침착한 표정으로 입을 열었다.

"가주가 무엇을 염려하는지 나 역시 잘 알고 있네. 하지만 이건 세가를 위해서 결정한 일일세."

"형제끼리 피를 흘려야 세가를 위하는 일이 되는 것입니까?"

말에 절로 가시가 돋았다.

제갈상린은 분노한 얼굴로 그의 숙부를 쏘아보았다.

세가에서 가장 존경하는 어른이자 화경의 경지를 바로 눈앞에 두고 있는 절정 고수.

그가 지금 무슨 의도를 가지고 이런 일을 벌인 것인지 이해가 되지 않았던 것이다.

"나도 많이 참아 보았네. 되도록 이런 일은 피하고 싶었지. 하지만 어쩔 수가 없었네. 시간이 더 지체되면 늦을 것이고, 그때는 지금과는 비교할 수도 없이 많은 피가 흐르겠지. 차라리 지금이라면 좋게 마무리할 수도 있네."

"대체 무엇 때문에 그런 결정을 하시게 된 것입니까?"

"자네는 둘째를 얼마나 알고 있는가?"

"둘째 아이가 머리가 좋다는 건 알고 있습니다. 하지만⋯⋯."

"그게 끝인가?"

그럼 다른 무엇이 더 있다는 말인가?

제갈상린은 얼굴을 찌푸리며 생각에 잠겼다.

아무래도 제갈유성은 둘째 아이에 대해 아버지인 자신도 모르는 무언가를 알고 있는 것 같았다.

그게 무엇일까?

그 무언가가 가주 자리를 결정지을 정도로 큰 재능이라는 말일까?

"가주는 둘째를 모르네. 그렇기에 지금 내 결정이 마음에 들지 않는 것이겠지. 하지만 이제 곧 알게 될 걸세. 내 결정이 옳았다는 것을."

"……."

제갈상린은 아무 말도 할 수 없었다.

지고한 경지라는 화경의 경지에는 이르지 못했지만 그가 아는 범위에서 그 누구보다도 예리한 감각을 지닌 제갈유성이었다.

그가 둘째에게서 남들이 보지 못했던 무언가를 보았다면 그것은 범인(凡人)이 감히 상상하기도 어려운 뛰어난 능력일 터.

"……시간을 두고 둘째 아이를 지켜보겠습니다."

불만스러웠지만 지금으로선 이렇게 이야기하는 것이 최선이었다.

그런 제갈상린의 복잡한 심사를 짐작한 것인지 제갈유성이 처음보다는 다소 부드러워진 음성으로 입을 열었다.

"낭중지추(囊中之錐, 주머니 속의 송곳은 튀어나올 수밖에 없음)라는 말이 있지. 어차피 이번 행사를 치르는 것을 보게 되면 저절로 그 아이의 숨겨진 모습을 알게 될 것일세. 내가 그렇게 만들 것이니까. 그러니 선입견을 버리고 그 아이의 진짜 모습을 보시게나."

제갈상린은 입을 다물었다.

너무도 당당하고 떳떳하게 말하는 제갈유성 앞에서 왠지 모르게 위축되었기 때문이다.

조금 더 둘째 아이를 살펴봐야 할 필요를 느꼈다.

＊　　＊　　＊

제갈무휘는 오늘 정신이 없었다.

형님인 제갈기를 시작으로 세가의 장로들과 연로하신 어르신들이 줄줄이 찾아오더니, 밤늦게 제일 마지막으로 이번 일을 벌인 원흉이 불쑥 찾아왔다.

하지만 그의 방문은 미리 예상하고 있었던 일이기에, 갑자기 찾아온 가문의 가장 큰 어른을 소홀하지 않게 대접할 수 있었다.

"용정차구나."

"예."

"잠이 오지 않더냐? 아니, 날 기다리고 있었던 모양이구나."

"예."

제갈무휘는 덤덤한 얼굴로 차를 마시고 있는 제갈유성을 바라보며 쓴웃음을 지었다.

불쑥 찾아왔으면서 그 이유조차도 말해 주지 않았다.

하지만 할 말은 저쪽만이 아니라 이쪽도 많았다.

"전 이유를 모르겠습니다."

제갈유성.

그는 피식 웃으며 대꾸했다.

"정말 모르겠느냐?"

"예. 전 저보다 형님이 가주 자리에 더 어울린다 생각합니다."

"그건 네 생각이겠지?"

"예."

"모두의 생각은 달라질 것이다. 너는 가주가 될 거다. 내가 그렇게 만들 테니까."

제갈무휘는 난감한 얼굴로 뒷머리를 긁적였다.

가주직에는 정말 쌀 한 톨만큼도 관심이 없었다.

스스로 생각하기에 사람들 앞에 나서는 그런 일은 성격상 맞지 않다고 여겼기 때문이다.

게다가 형님인 제갈기를 보면 그 뛰어남이 한눈에 보이지 않던가?

힘든 가주직은 형님에게 맡기고 자신은 그저 세가에서 책이나 읽으며 유유자적 살아가고 싶었다.

"세가의 자손으로서 해야 하는 당연한 책무를 피할 생각은 하지 마라. 나는 너를 알고 있다. 나태하고 게으르지."

"……."

제갈무휘가 정곡을 찔린 얼굴을 해 보일 때 제갈유성은 재차 입을 열었다.

"하지만 그건 네가 포장하고 있는 겉모습일 뿐이다. 가주가 되기 싫다. 형님과 싸우고 싶지 않다. 분란을 일으키고 싶지 않다. 그게 네 진짜 속마음이겠지."

제갈무휘의 느슨한 얼굴이 살짝 흔들렸다.

그 심경의 변화를 살펴보고 있던 제갈유성은 용정차를 입에 머금고 잠깐 뜸을 들였다.

그리고 말했다.

"본가는 늘 무공에 있어서 다른 세가들에게 밀렸다. 지략은 높게 쳐

주지만 무공은 늘 한 발자국 뒤에 있어야만 했지."

"……."

"너도 알겠지만 그건 굉장히 치욕적인 일이다. 무림에서는 강한 것이 제일이거늘 늘 다른 세가보다 약하다는 평가를 받고 있는 본가가 나는 항상 마음에 들지 않았다."

제갈무휘는 의아한 얼굴을 해 보였다.

지금 말하고 있는 것이 이번 일과 무슨 관계가 있는 것일까?

의도를 쉽게 짐작할 수 없었다.

"때문에 본가를 강하게 만드는 것은 무공이라고 생각하고 젊었을 때부터 단 한시도 쉬지 않고 무공에 매진했다. 가주직도 그래서 포기했다. 덕분에 약간의 성취도 얻었지. 하지만 그게 전부다. 절대의 경지인 화경의 경지는 아직도 너무 멀리 있고, 나는 아마도 그곳에 이르지 못할 것이다."

"……너무 스스로의 능력을 과소평가하시는 것 같습니다."

제갈유성은 고개를 저었다.

"아니다. 나는 화경의 경지에 이르지 못할 것이다. 본가의 무공을 평생 연마했지만 화경의 경지에는 이르지 못했다. 아니, 못할 것이다. 이것이 무엇을 의미하는 것인 줄 알겠느냐?"

"……."

"본가의 무공은 약하다. 다른 세가의 무공에 비해 무공 자체가 약한 것이다. 난 그리 생각한다. 역대 선조들 중에 화경의 경지에 들어선 자가 단 한 명도 없다는 것만을 봐도 그렇지."

사실 전혀 일리 없는 말은 아니었다.

다른 세가들이 전통적인 무공을 계승, 발전시켜 왔다면 제갈세가는 외부에서 구한 무공들의 장단점을 파악하고 천재적인 두뇌를 십분 활용하여 그것들의 장점만을 모아서 무공을 완성시키지 않았던가?

때문에 세상에서 가장 완벽한 무공이라고 말하고 다니지만 실은 그 어떤 무공보다 조잡할 수 있는 무공이었다.

제갈무휘는 조심스럽게 입을 열었다.

"익히는 사람의 재질에 따라 다르지 않겠는지요?"

"내 재능이 부족해서 경지를 돌파하지 못했을지도 모르지. 그 부분도 인정한다."

선선히 웃으며 인정하는 제갈유성의 모습에 제갈무휘 역시 멋쩍은 웃음을 흘렸다.

그때 제갈유성이 돌연 웃음기를 싹 지우고 정색하며 입을 열었다.

"스스로의 날개를 접지 마라. 분란을 피하고자 하는 네 마음을 이해하지 못하는 바 아니다만 애써 타고난 재능이 아깝지 않으냐?"

"……."

제갈무휘는 제갈유성의 말이 무슨 말인지 전혀 모르겠다는 듯 순진한 표정을 지었다.

하지만 눈동자가 크게 흔들리는 것은 숨길 수가 없었다.

"발톱을 숨기지 말라는 말이다. 아니, 이제 숨겨도 소용없다."

"저는……."

"본가의 무공으로는 천하를 논할 수 없다. 그것은 너도 이미 알고 있겠지?"

"……."

제갈무휘는 전혀 불가능한 것은 아니라 생각했지만 굳이 입 밖으로 그 말을 내뱉지는 않았다.

그도 제갈유성의 말에는 상당 부분 동의했기 때문이다.

제갈세가에 있는 무공은 그 근본부터 잘못되어 있었다.

화경의 경지에 근접한 자만이 느낄 수 있는 미세한 부자연스러움.

그것이 제갈세가의 무공에 있었기 때문이다.

"네 경지가 나와 비교해도 전혀 손색이 없음을 이미 알고 있다. 하지만 거기까지가 한계다. 이젠 너도 그걸 알았을 것이다."

제갈무휘는 정말 난감한 얼굴을 해 보였다.

여기까지 알고 온 이상 이젠 숨길 수가 없었기 때문이다.

"대체 언제부터…… 아셨습니까? 작은 할아버님께서 이렇게 음흉스러운 사람인 줄은 짐작도 못했습니다."

제갈유성은 빙그레 웃었다.

"사실 지금까지 긴가민가했다. 어떻게 한 것인지는 나도 모르겠지만 잘도 숨겼더구나. 하지만 기세는 어찌어찌 숨길 수 있어도 완숙한 경지에 이른 네 육체까지 가릴 수는 없지. 다른 녀석들은 몰라보겠지만 나는 볼 수 있었다. 그래서 신경 쓰고 있었지."

제갈유성의 말에 제갈무휘는 그제야 넘겨짚기에 당했다는 사실을 알았지만 이제는 별수 없었다.

노련하고 노회한 제갈유성이었다.

그 앞에서 계속 숨겨 봐야 금세 들통 날 것이 뻔했다. 바로 지금처럼.

그래도 아쉬운 얼굴을 하고 있을 때 제갈유성이 천천히 손을 뻗어 제갈무휘의 손을 움켜쥐었다.

그 손에서 눈에 보이지 않는 어떤 뜨거운 열정의 덩어리가 전해져 와서 제갈무휘는 부담스러운 얼굴을 해 보였다.

"본가의 무공은 그 깊이가 없다. 때문에 그것으로 이룰 수 있는 경지 또한 깊지 못할 것이다."

"……확실히 어렵긴 하겠지요."

그러나 평생에 가까운 시간을 들인다면 어쩌면 가능할지도 모른다고 제갈무휘는 생각했다.

때문에 가주직에도 관심을 두지 않고 평생을 들여 무공을 완성시킬 생각을 하고 있었던 것이다.

그렇게 해서 어찌어찌 화경의 경지에 이르게 되면 이 조잡한 무공들을 완벽하게 뜯어고칠 수도 있을 테니까.

그런 생각을 읽었음인지 제갈유성은 강하게 고개를 저었다.

"굳이 무공으로 그 강함을 표현하지 않아도 좋지 않겠느냐? 본가는 애초에 무공으로 세상에 그 이름을 알리지 않았다."

제갈무휘는 복잡한 얼굴을 해 보였다.

무림에서 무공 외의 다른 것으로 강함을 알리라니?

그럴 만한 무언가가 존재하긴 하는 건가?

제갈유성은 품에서 무언가를 꺼내며 입을 열었다.

"기문진법. 본가는 애초에 그것에 뿌리를 두고 있었고, 그것으로 천하를 논하면 된다. 그리고 그 부분에 있어서는 다른 어떤 곳보다 우리가 유리하지."

제갈무휘는 제갈유성이 꺼낸 한 권의 오래된 고서를 바라보았다.

"그게 무엇입니까?"

"본가의 선조들 중 유일하게 천하를 좌지우지했던 천재가 만든 책이다. 얼마 전 정말 어렵게 찾아냈지."

월인삼라산법술해 (下)

책의 제목을 본 제갈무휘의 눈썹 끝이 잘게 떨렸다.

"……이건 설마?"

"그래. 본가의 식솔이라면 한 번쯤은 들어 봤을 책이겠지. 과거 촉한의 승상이셨던 제갈무후, 그분이 남기신 최고의 기문진법 비급이다. 이것이면 천하를 논할 수 있다."

오래전에 실전되었다고 알려진 비급이었다.

그것이 이렇게 자신의 손에 들어올 줄은 몰랐기에 제갈무휘의 얼굴은 복잡 미묘하게 엉키기 시작했다.

第八章

천마신교의 방문

조기천 선생은 그의 강의가 끝난 후 팽가호를 조용히 불러냈다.

팽가호는 평소에 한 짓이 있어서인지 조기천 선생의 부름이 선뜻 내키지 않았지만, 그가 묻는 질문이 초류향에 대한 것임을 알자 얼른 표정을 바꿨다.

"몸이 좋지 않아서 요양을 하고 있다고 했느냐?"

"예. 녀석이 따로 기별을 하지 않았습니까?"

물론 미리 연락을 받긴 했었다.

하지만 무려 오 일 동안이다.

오 일이나 강의에 나오지 못할 정도로 상태가 좋지 않았던 것일까?

"직접 찾아가 보았느냐?"

"예. 슬쩍 들여다보니 얼굴 상태가 말이 아니었습니다. 초췌한 것이

며칠 동안 제대로 잠도 못 잔 것 같더라니까요."

어딘가 살짝 맛이 간 것 같았어요, 라는 말은 속으로 삼키는 팽가호였다.

"흐음……."

팽가호의 대답에 조기천 선생은 잠시 고민했다.

하지만 그도 설마 진법 숙제 때문에 초류향이 밤잠을 자지 못하리라고는 생각하지 못했다.

'한번 찾아가 봐야겠구나.'

처음으로 받은 제자였다.

그런 제자가 아프다는데 당연히 스승으로서 걱정이 되었다.

그리고 그렇게 남을 걱정하고 있는 스스로의 모습에 조기천 선생은 속으로 은근히 놀라고 있었다.

그는 누군가를 진심으로 걱정해 본 적이 별로 없었기 때문이다.

"그런데 그 녀석은 갑자기 왜 찾으시는 겁니까?"

팽가호가 조심스럽게 질문하자 조기천 선생은 별일 아니라는 얼굴로 대답했다.

"산법에 대해 그 아이와 이야기를 하던 것이 있었다."

"아……. 예, 그렇군요."

또 그놈의 산법이냐? 정말 이해하지 못할 족속들이라고 속으로 투덜거렸지만 팽가호는 겉으로는 지극히 공손한 얼굴로 말했다.

"볼일이 끝나셨으면 저는 이만 가 봐도 되겠습니까?"

"그래. 수고했구나."

팽가호가 조용히 읍을 하고 나가자 조기천 선생의 담담한 얼굴에 언뜻 초조한 기색이 떠올랐다.

초류향을 당장이라도 찾아가고 싶었지만 주변의 시선 때문에 따로 찾아가기가 애매했다.

초류향이 그의 적전(嫡傳) 제자가 된 것을 아직 아무도 모르고 있었기 때문이다.

그리고 조기천 선생에게는 앞으로도 그 사실을 외부로 공개할 마음이 조금도 없었다.

조금 전 팽가호의 태도로 보아 초류향 역시 이 일을 비밀로 하고 있는 것 같았다.

'하긴 그게 좋지.'

조기천 선생의 입가에 문득 담담한 웃음이 그려졌다.

초류향 같이 앞날이 전도유망한 아이가 산법을 전문적으로 배운다는 사실 하나만으로도 조기천 선생은 충분히 만족하고 보람을 느꼈다.

하지만 그 사실이 외부로 새어 나간다면 곤란하다.

초류향의 앞길에 장애가 될지도 모르기 때문이다.

현재 산법에 대한 세간의 인식은 그 정도로 매우 좋지 않았다.

천한 학문.

장사치들이나 배우는 돈 계산만을 위한 학문.

그것이 바로 산법에 대한 인식이었기 때문이다.

조기천 본인이야 이 학문이 좋아서 평생을 바쳐 매달렸기 때문에 남들이 뭐라 하건 아쉬울 것이 없었다.

하지만 초류향은 다르다.

'앞일은 어찌 될지 모르는 일이지……'

초류향.

그의 제자는 아직 어렸다.

그것도 매우 어렸다.

때문에 언제고 마음이 바뀔지 모른다.

지금이야 집안이 표국업을 하고 있고 그 때문에 본인도 이렇게 산법이라는 학문에 관심이 있지만, 이것이 한때의 불장난으로 끝날 수도 있지 않겠는가?

그건 얼마든지 가능한 일이었다.

게다가 머리가 좋은 아이니 학문에 뜻을 둬서 관직으로 나갈 수도 있을 테고, 집안에서 따로 무예를 배워서 강호로 나갈 수도 있었다.

그 아이가 갈 수 있는 길은 실로 무궁무진했던 것이다.

그러니 지금 당장은 그의 제자로서 산법을 배우고 있다 해도 그런 사실을 남에게 알릴 필요가 없었다.

오히려 족쇄만 되고 말 터.

초류향의 어린 나이를 생각하면 무언가 가르쳐 줄 수는 있을지언정, 앞으로 펼쳐질 그 아이의 삶을 가로막아서는 도리가 아니었다.

조기천 선생은 그런 복잡 미묘한 마음들을 정리하며 일단 천천히 걸어서 자신의 숙소로 향했다.

먼저 숙소에 짐을 놔두고 제자에게 조용히 찾아갈 방법을 생각해 보려 했던 것이다.

숙소 안으로 들어선 조기천 선생은 모르고 있었지만, 아까부터 그를 지켜보는 눈이 하나 있었다.

아니, 정확히 말하자면 그 시선은 오늘 하루 동안 은밀하게 숨어서 조기천 선생을 줄곧 지켜보고 있었다.

'드디어 혼자가 됐군. 하지만······.'

혈의 무복을 입은 사내는 어둠 속에서 잠시 난감한 표정을 지어 보였다.

이번 일은 사내가 지금까지 해 왔던 일들과는 차원이 다르다.

일단 상대가 무림인이 아니라는 점에서 큰 차이가 있었다.

상대방은 수십 년간 산학이라는 별로 대접도 받지 못하는 학문을 신앙처럼 믿고 파고든 꼬장꼬장한 노학자였다.

게다가 상대를 해치는 것이 아니라 정중하게 목적지까지 모셔 가야 했다.

그것이 그를 힘들게 만들었다.

지금껏 그가 해 온 일이라는 게 주로 납치와 살인, 방화 등이었기에 사실 혈의인으로서는 이런 평화스러운 일이 체질에 잘 맞지 않았다.

'썩 내키지 않는 일이지만 어쩔 수 없지.'

그의 주인이 직접 내린 명령이었다.

그 명령은 절대적.

반드시 무슨 일이 있더라도 완수해야 했다.

하지만 사내는 곧 혀끝을 낮게 찼다.

자연스럽게 등장할 시기를 놓쳤다는 사실을 불현듯 깨달았기 때문이다.

노학자가 짐을 놔두고 무언가를 생각하더니 곧장 밖으로 나가려 하고 있었다.

'이때를 놓치면 또 얼마나 기다려야 할지 알 수 없는 일.'

잠시 고민하던 혈의인은 이윽고 결심하고는 어둠 속에 숨겨 두었던 신형을 드러냈다.

문 앞을 막아서고 갑작스럽게 등장한 사내.

방의 주인인 조기천 선생의 눈에 놀람의 빛이 떠올랐다.

"조기천 선생 되시지요?"

"……누구시오?"

"본인은 천마신교에서 나온 사람입니다. 기밀을 요하는 일이라 부득이하게 이렇게 찾아뵙게 되었습니다."

잠시 놀라기는 했지만 조기천 선생은 그 특유의 침착함으로 이내 마음을 진정시켰다.

그리고 눈앞의 사내를 찬찬히 바라보았다.

아마 상대는 무림인일 것이다.

그렇기에 그가 해코지를 하려 했다면 진즉에 했을 것이 분명했다.

한데 제법 정중한 태도를 취하고 있는 점을 보니 무언가 다른 용건이 있다는 것을 의미했다.

'천마신교라 했나?'

강호에 대해 잘 모르는 조기천 선생이었지만 그런 그라도 천마신교라는 이름은 귀에 못이 박히도록 들어보았다.

'마교(魔敎)라……'

떠오르는 기억들이라고는 온갖 안 좋은 소문들뿐이었기에 조기천 선생은 살짝 경계의 눈빛으로 눈앞의 사내를 바라보았다.

그 눈빛을 읽었음인지 눈앞의 사내는 잠깐 곤란한 얼굴을 해 보였다.

"본 교에 대해 이미 알고 계신 모양이군요."

"대충은…… 소문을 들어 알고 있소."

혈의인.

천마신교의 정보 단체인 비마대(秘魔隊)의 제일대주 엄승도(嚴繩盜)는 속으로 욕을 내뱉었다.

차라리 몰랐으면 일이 편했겠지만 잘못된 선입견이라는 것은 실로 무서워서 지금과 같은 상황에서는 서로에게 상당히 좋지 않게 작용할 것이다.

"강호의 소문은 항상 부풀려지기 마련이지요. 그것도 좋지 않은 방향으로……. 저희는 노사(老師)께서 생각하시는 그런 사악한 단체가 아닙니다."

"……그건 그렇다 치고 대체 무슨 용건이 있기에 이렇게 불쑥 등장한 것이오?"

말을 돌리는 노학자의 눈에 떠오른 경계의 빛은 여전히 풀리지 않았지만, 엄승도는 그 부분에 대해서는 일찍 포기해 버렸다.

어차피 설명해 봐야 믿어 줄지도 의문이고 그렇게 길게 설명할 시간도 없었다.

이젠 정말 주어진 시간이 별로 없는 것이다.

"노사께서 도움을 주셔야 할 일이 있습니다. 천하에서 이제 노사밖에 하실 수 없는 일이지요."

"……노부가 할 수 있는 일은 산법 외에는 없소이다만……."

엄승도는 속으로 슬쩍 웃었다.

역시 이 깐깐한 노학자는 천마신교에 대해 수박 겉핥기식으로만 알고 있었다.

천마신교는 단순한 무림 방파가 아니다.

그 세력의 거대함은 물론이고 일처리도 강호에 존재하는 그 어떤 무력 단체보다 치밀하고 견고했다.

일을 진행함에 있어서 조금의 허술함도 없었다.

그것은 지금과 같은 일도 마찬가지였다.

엄승도는 눈앞에 있는 노학자에 대해 그 본인보다도 더욱 많은 정보를 알고 있을 것이다.

"진법에 대해서 누구보다도 해박한 지식을 가지고 있다는 사실도 알고 있습니다, 노사."

"……."

조기천 선생은 겉으로 드러내지 않았지만 속으로는 무척이나 놀랐다.

진법에 대한 일은 황실에서 했었던 일이다.

게다가 무척 비밀스럽게 진행했었던 일이었다.

세상에 알려지지 않았던 일이었기에 그 누구도 모르고 있을 것이라 여겨 왔는데…….

생전 처음 보는 자가 그 숨겨 두었던 부분을 아무렇지도 않게 들춰내니 어찌 놀랍지 않겠는가?

"조사를 철저히 했구려."

"이 정도는 기본으로 해야지요."

　슬며시 웃는 상대를 보며 조기천은 생각보다 상대방이 만만치 않음을 느꼈다.
　이런 상대에게는 있었던 사실을 숨기려고 해 봐야 소용이 없다.
　다행히도 해코지를 하러 온 것 같지는 않으니 지금으로서는 상대방의 용건을 들어 봐야 할 것 같았다.

　"손님이 올 줄 몰라 대접이 시원찮아도 이해해 주시오."
　"별말씀을."

조기천이 권하는 대로 자리에 앉은 엄승도는 방 안을 슬쩍 둘러보았다.

과연 조사한 바와 같이 지나치게 검박한 사람이었다.

방 안에는 장식품 따위는 아예 없었고, 침대와 탁자, 그리고 의자 몇 개가 전부였다.

'이런 고리타분한 사람을 상대로 빙빙 돌려가면서 이야기하는 것은 시간 낭비겠지.'

찻주전자에서 식은 차를 잔에 따라 주며 조기천이 입을 열었다.

과연 직설적인 물음이 이어졌다.

"용건은 진법에 관한 것이오?"

"그렇습니다. 천하에서 제일 난해한 진법이 있기에 그것을 해결해 줄 천하제일 진법가가 필요한 일이지요."

조기천 선생은 생각했다.

이건 무척 곤란한 일이었다.

무림의 일이라는 것에 대해서 애초부터 호의적인 생각을 가져 본 적은 없었지만 이번 일은 더더욱 좋지 않은 냄새를 풍겼다.

위험한 냄새.

그 특유의 구린내가 사내의 말에서 강하게 느껴졌기 때문이다.

그의 망설임을 느껴서일까?

사내가 다시 입을 열었다.

"보수는 상상하시는 것보다 많이 지급될 것입니다."

"보수 때문에 망설인 것이 아니오."

"따로 원하시는 게 있습니까?"

사실 진법에 대한 일이라면 산법만큼 관심도 있고, 흥미도 있었다.

사내가 말하는 천하제일 진법.

그것이 무엇인지 궁금하기도 했다.

불과 얼마 전까지만 해도 이런 용건을 가지고 찾아왔다면 고민은 했겠지만 바로 응했을지도 모른다.

하지만 지금은 곤란했다.

쉽게 몸을 움직이기 힘들었기 때문이다.

"……나보다 뛰어난 진법가도 있지 않겠소?"

엄승도는 고개를 저었다.

그리고 단호한 얼굴로 말했다.

"없습니다. 게다가 산법과 진법, 양쪽 모두에 통달한 사람이 필요한 일입니다."

조기천은 잠시 생각하다가 누군가의 얼굴을 떠올리곤 입을 열었다.

"내가 알고 있는 사람이 한 명 있는데 그를 데려가는 것이 어떻겠소? 나보다는 그 사람이 이런 일에 더 적합할 것이오."

엄승도는 조기천이 누구를 말하려 하는지 이미 알고 있었다.

"혹시 황실에 계신 주호유 대인을 염두에 두신 건지요?"

"……거기까지 알고 있었소이까?"

"그가 불가능하기에 이렇게 노사를 찾아오게 된 겁니다."

주호유.

조기천 선생을 실력으로 누른, 산법으로는 가히 천하제일인이라 불러도 될 사람이었다.

좋은 집안의 자제인 동시에 명석한 두뇌를 지녔음에도 불구하고 산법이라는 잡학에 뜻을 두어 그것으로 관직에 나간 조금은 이상한 사람이었다.

엄승도가 주호유의 신상 정보에 대해 떠올리고 있을 때 조기천은 난감한 얼굴을 해 보였다.

자신이야 그렇다 쳐도 현재 미관말직이지만 분명 황실에 몸담고 있는 주호유의 이름까지 사내의 입에서 거론될 줄은 꿈에도 몰랐던 것이다.

"미안한 일이오만 본인은 지금 그 일을 할 수 없을 것 같소이다."

엄승도는 순간 눈앞의 노학자를 향해 싸늘한 눈빛을 보냈다.

문사 출신이라 그럴까?

눈앞에 있는 자신이 얼마나 무서운 사람인지 아직 잘 모르는 모양이었다.

한번 그것을 알려 줘야 할까?

'아니, 그래도 아직은 보여 줄 때가 아니지.'

이번 일은 상대방의 전폭적인 도움이 없다면 애초에 해결이 되지 않는 일이었다.

협박이나 회유를 해서 일을 맡기기에는 이번 일의 중요성이 너무도 컸다.

무력을 동원하는 것은 최후에서도 가장 최후에나 써야 할 수단이었다.

그렇게 잠시 마음을 추스른 엄승도는 무언가를 생각했다.

이상한 일이었다.

정보대로라면 애초에 조기천이라는 작자가 움직이는 데에 그 어떤 걸림돌도 없었다.

가족들이 있지만 거의 따로 사는 분위기였고, 본인 역시 그런 것에 구애받는 성격이 아니었다.

지독하게 혼자 있기를 좋아하는 괴팍한 성격.

게다가 산법과 진법에 미쳤다는 이야기를 들을 정도로 집착하는 그의 성격을 볼 때, 이런 제안을 받으면 바로 응하는 것이 정상인데 이번 일을 망설인다?

그것은 정보에는 조사되지 않았던 다른 무언가가 있다는 이야기였다.

'그게 뭐지?'

천마신교의 정보력은 강호에 알려져 있는 것보다 더욱 엄청나기 때문에 그들이 판단하기에 필요 없다고 여겨지는 요소를 제외한 모든 정보를 단박에 알아낼 수 있을 정도였다.

그들이 수집한 정보에 따르면, 조기천이 이번 일을 함에 있어서 그어떤 걸림돌도 존재하지 않았던 것이다.

오히려 천하제일 진법이라 둘러대면 저쪽에서 더 환장하고 나올 것이라 예상했는데 이건 완전히 예상이 빗나가지 않았는가?

엄승도는 솔직하게 물어보기로 했다.

"마음에 걸리는 것이 있다면 무엇이든 이야기하셔도 됩니다. 사례금 외에도 필요하신 게 있다면 얼마든지 이야기하셔도 되고요. 본 교는 노사께서 지금 생각하고 계시는 것처럼 보수나 사례에 쫀쫀한 집단이 아닙니다. 게다가 은혜를 아는 곳이지요."

원한도 잊지 않는다는 말은 겨우 속으로 삼키는 엄승도였다.

조기천은 고민했다.

방금 전에 자신의 목숨이 왔다 갔다 한 것 따위는 잘 모르고 있었지만 확실히 이번 일은 망설여지는 점이 한두 개가 아니었다.

그 망설임 중에 제일 큰 것.

그것을 지금 이 사람 앞에서 말해도 되는지 선뜻 판단이 서질 않았던 것이다.

'천하제일 진법……'

그것에 호기심이 일어나지 않는다면 거짓말이다.

엄승도의 판단처럼 다른 것들은 몰라도 진법과 산법에 있어서만큼은 미치광이라 불려도 할 말 없을 만큼 집착하는 조기천이었으니까.

하지만 이번 일은 위험한 냄새가 났다.

그것은 아무리 둔한 사람이라도 본능적으로 느낄 수 있을 정도로 달콤했고, 또 그랬기에 그만큼 위험한 냄새였다.

한참을 무언가 생각하던 조기천은 이윽고 어떤 생각이 떠올랐기에 마음을 굳혔다.

"정말 천하제일 진법이 확실하오?"

"물론입니다."

"내가 그것을 파훼해 주길 바라는 것이오?"

"그렇습니다, 노사."

조기천은 고개를 끄덕였다.

"그럼 나 말고 한 사람을 더 데려가 주었으면 하오. 그것이 조건이오."

"……처음에 말씀드렸다시피 이번 일은 기밀을 요하는 일이라 되도

록 아는 사람이 적었으면 합니다만?"

친한 사람이 극히 적은 조기천이었기에 그가 이런 말을 할 줄은 꿈에도 몰랐던 엄승도였다.

그래도 웬만한 제안은 다 들어주겠다고 미리 이야기를 한 상태다.

만약 정말 말도 안 되는 놈을 거론하면 일언지하에 거절한 후 적당한 협박을 섞으려는데, 조기천의 입 밖으로 나온 단어는 엄승도가 생각지도 못한 꽤나 신선한 것이었다.

"제자가 한 명 있소. 그 아이와 함께 갔으면 하오."

엄승도의 표정이 딱딱하게 굳었다.

거절하기 어렵다는 것을 직감적으로 깨달았기 때문이었다.

第九章
사라진 초류향

조기천 선생의 제자라는 아이를 만나러 가는 길.

그곳으로 가는 내내 엄승도의 표정은 몹시 좋지 않았다.

'한심하군.'

조기천의 요구에 딱히 거절할 만한 명분을 대지 못했다는 것.

그것도 물론 그를 불쾌하게 만드는 요인들 중 하나였지만 그보다 더 그를 괴롭게 하는 이유가 있었다.

전문적으로 정보를 다루는 사람으로서 이런 중요한 사실을 사전에 전혀 인지하고 있지 못했다는 점.

그것에서 오는 자책감이 지금 그의 마음을 괴롭게 만들고 있었다.

모든 일에 완벽을 추구했고, 거기에서 그 나름의 보람을 찾는 사람이었기에 그런 자책감은 더욱 심했다.

그는 결국 참지 못하고 입을 열어 물어보았다.

"한데 제자는 대체 언제부터 받으시게 된 겁니까?"

이것은 그로서는 상당히 자존심 상하는 질문이었다.

누군가에게 무언가를 물어보기 전에 항상 모든 것을 미리 알고 있었기 때문이다.

조기천 선생은 그의 복잡한 심정은 모르기 때문에 선선히 대답해 주었다.

"나흘쯤 된 것 같소."

"나흘이요?"

"그렇소."

조기천의 대답에 고뇌하고 있던 엄승도의 표정이 조금 밝아졌다.

나흘이면 제대로 된 정보가 도착하기에 빠듯한 시간이 아닌가?

조기천의 신변에 직접적으로 영향을 주는 시급한 일도 아니었기에 나흘 정도의 시간 차이는 충분히 생길 수 있었다.

'그래도 확실히 보완해야 할 문제점이다.'

엄승도는 그렇게 생각하며 조기천 선생과 함께 초류향이 머물고 있는 숙소에 도착했다.

조기천과 엄승도가 막 초류향의 숙소 바로 앞에 도착한 바로 그 순간.

엄승도는 멈칫하며 검 손잡이에 빠르게 손을 올렸다.

동시에 귓가를 울리는 기이한 울림.

키잉—

그는 반사적으로 뒤로 훌쩍 물러서며 주변을 살펴보았다.

'뭐냐?'

눈을 가늘게 뜨고 호흡을 가다듬으며 무언가를 찾고 있던 엄승도는 곧 눈살을 찌푸렸다.

'착각? 그럴 리가.'

엄승도의 표정은 점점 더 일그러졌다.

그는 절정 고수였다.

초절정의 경지라고 할 수 있는 화경의 고수처럼 초감각을 열 수는 없었지만 그래도 그의 감각은 일반인들의 그것과는 궤를 달리할 정도로 뛰어났다.

그런 그의 예리한 감각을 통해 분명 무언가가 느껴졌다.

그것도 대단히 흉악한 기세의 무언가였다.

'뭐였지?'

계속 신경을 집중해 보았지만 주변에는 딱히 이상한 것이 없었다.

하지만 찜찜한 기분만은 계속 맴돌며 그의 신경을 거슬리게 만들었다.

그런 그의 갑작스러운 움직임을 미친놈 보듯이 바라보고 있던 조기천이 입을 열었다.

"무슨 일이 있소?"

"……별일 아닙니다."

말을 해 봐야 모를 것이다.

엄승도는 계속 주변을 두리번거리며 신경질적인 얼굴로 검 손잡이를 매만졌다.

정체 모를 무언가가 끊임없이 그의 감각을 자극했지만 그것이 어디에 있는지, 무엇인지 도무지 알 수가 없었다.

그 사실이 그의 심기를 불편하게 만들었던 것이다.

조기천은 잠시 동안 그를 이상하게 바라보다가 곧 몸을 돌려 입을 열었다.

"초류향을 만나고자 왔소만. 불러 줄 수 있겠소?"

늙은 하인 하나가 아까부터 안절부절못하는 기색으로 그들을 바라보고 있었기에 말을 건 것이다.

"도, 도련님께서는 지금 안 계십니다요."

조기천은 순간 의아한 얼굴을 했다.

분명 아프다고 하지 않았던가?

그런데 숙소에 없다니?

잠시 늙은 하인의 얼굴을 살펴보던 조기천이 신중한 음색으로 입을 열었다.

"무슨 일이라도 있는가 보오?"

조기천의 물음에 늙은 하인이 초조한 기색으로 입을 열었다.

"그, 그것이……."

장 노인은 얼굴 표정을 흐리며 입을 다물었다.

그 모습에 직감적으로 무언가 있음을 눈치챈 조기천이 재차 물었다.

"중요한 일이라 그러오. 이곳에 없으면 그 아이의 행방이라도 좀 알려 줄 수 없겠소이까?"

그렇게 말하며 눈빛으로 은근히 압박하자 장 노인은 약간 불안한 기색으로 대답했다.

"그게, 분명 도련님께서 뒷마당에 계신 줄로만 알았는데…… 갑자기 사라지셔서 소인도 계속 찾고 있던 중입니다요."

"갑자기 사라졌다?"

"예."

조기천은 고개를 갸웃거렸다.

보통 때라면 그냥 어딘가 갔거니, 하고 말았겠지만 몸 상태가 안 좋다고 하지 않았던가?

그런 아이가 어딜 돌아다니는 걸까?

그때 생각에 잠겨 있던 엄승도가 갑자기 굳은 얼굴로 앞으로 나서며 장 노인을 향해 입을 열었다.

"노인장, 이 집 뒤에 뭐가 있습니까?"

장 노인은 갑자기 등장한 이 심상치 않은 기색의 사내를 살펴보다가 주눅 든 얼굴로 입을 열었다.

"……뒤, 뒤에는 마당 외에 별다른 게 없습니다요."

"마당? 거기를 잠시 살펴봐도 되겠습니까?"

"예에. 따라오시지요."

옆에 나 있는 작은 오솔길을 따라가자 큰 나무가 하나 있는 작은 마당이 눈에 띄었다.

"조금 전까지만 해도 도련님께서는 분명 여기에 계셨는데…… 식사 준비를 끝내 놓고 와서 보니 안 계셨습니다요."

조기천은 슬쩍 엄승도의 표정을 살폈다.

엄승도는 아까부터 아무 말도 없이 마당 주변을 진지한 눈빛으로 살피고 있었다.

그러다가 나무에 묶여 있는 밧줄을 발견하곤 입을 열었다.

"저게 원래 저기에 있던 겁니까?"

"아닙니다요. 도련님이 묶어 두신 것 같은데 용도는 잘 모르겠습니다요."

엄승도는 밧줄을 보며 생각에 잠겼다.

'여기다.'

뒷마당에 오는 순간 엄승도는 확신했다.

이곳이었다.

자신의 감각을 지속적으로 건드리고 있는 무언가가 있는 곳이.

이곳에 도착하자마자 뒷목이 뻣뻣해지며 근육이 움츠러들려 했다.

그리고 그 감각은 한층 분명해졌다.

너무도 분명한 위화감.

'뭐지? 여기 대체 뭐가 있기에 이런 괴이한 기분이 드는 거야?'

엄승도는 찌푸린 안색으로 주변을 살펴보았지만 아무것도 눈에 띄는 것이 없었다.

하지만 그의 본능은 계속 경고하고 있었다.

이곳은 위험하다.

그러니 그 자리에서 더 이상 움직이지 마라.

수십 번의 사선을 넘나들며 갈고닦은 본능적인 감각이 그렇게 말하고 있었다.

엄승도는 그런 자신의 감각을 믿었다.

그 감각 덕분에 지금까지 그가 멀쩡하게 살아 있을 수 있었던 것이니까.

바로 앞에 눈에는 보이지 않는 위험한 것이 있었다.

눈에 보이지 않아 그 경계가 불명확했기 때문에 더 이상 접근하는
건 바보 같은 짓이다.

그가 그렇게 결론 내리고 있을 때, 조기천 역시 무언가를 살펴보며
연신 곤혹스러운 얼굴을 해 보이고 있었다.

'설마?'

그럴 리가 없었다.

하지만 바닥에 있는 미묘한 흔적들은 그의 짐작을 점점 확신으로 바
꿔 놓았다.

몇 번이나 흔적들을 살펴보던 조기천은 결국 믿을 수 없다는 표정을
지었다.

그리고 본인도 모르게 낮은 침음을 삼켰다.

"으음……."

확실했다.

이것은 진법이었다.

게다가 그가 초류향에게 숙제로 내주었던 바로 그 진법이 아닌가.

'팔문금쇄진(八門禁鎖陣).'

문제는 그것이 왜 지금 이런 곳에 펼쳐져 있는가 하는 점이다.

그냥 간단하게 초류향이 그려 놓았다고 생각할 수도 있었다.

하지만 그건 불가능했다.

진법이라는 것은 한번 발동시키려면 상당히 까다로운 조건을 갖춰
야 했다.

게다가 그 어려운 조건들을 다 맞춰 놓았다고 해도 그것만으로는 진
법이 발동되지 않는다.

진법 발동의 가장 핵심이 되는 핵(核)이 필요했기 때문이다.

'근데 그걸 대체 어떻게?'

여기에서 조기천의 생각은 막혀 버렸다.

정말 제대로 된 진법을 설치하려면 막대한 양의 보석이 필요했다.

진법의 핵을 장기간 유지하려면 그것과 관련된 속성을 지닌 보석이 대량으로 필요했던 것이다.

황실 정도나 되었기에 그 어마어마한 크기의 진법을 아무렇지도 않게 유지하고 보수할 수 있었던 것이지 보통의 경우는 거의 감당하기가 불가능했다.

"가까이 가지 마시지요. 정면에 뭔가 있습니다."

조기천은 그의 앞을 막아서는 엄승도를 보며 살짝 놀란 눈을 해 보였다.

그냥 단순한 무림인인 줄 알았는데 엄승도는 생각했던 것보다 더 대단한 고수였던 모양이다.

진법이라는 것은 자연의 기운을 인간이 임의로 살짝 비틀어서 만든 인위적인 공간이었다.

하나 그 공간은 주변과 완전히 격리되어 있기 때문에 보통 밖에서 봐서는 아무것도 못 느껴야 정상이었다.

'그런데도 그 미미한 변화를 단순히 감각만으로 잡아냈다?'

이건 상대가 대단한 경지에 이른 고수라는 소리였다.

"진법의 기운이 느껴지시오?"

"진법? 아하! 그럼 이것이 진법입니까?"

엄승도는 그제야 깨달은 듯 신기하다는 눈빛을 해 보였다.

그제야 모든 것이 한꺼번에 이해가 되었다.

이런 불쾌한 기분과 위화감.

그건 진법을 마주했을 때 느끼는 기분이었다.

"어떻게 된 것인지 아시겠습니까?"

조기천은 엄승도의 조심스러운 질문에 수염을 쓰다듬으며 잠시 생각에 잠겼다.

믿기 어려운 일이었지만 지금으로선 이 진법을 펼친 것은 초류향이라고 생각할 수밖에 없었다.

'그럼 지금 이 안에 갇혀 있는 것도 그 아이겠구나.'

조기천의 얼굴이 딱딱하게 굳어졌다.

팔문금쇄진은 안에 '살아 있는 무언가'가 있을 때 발동되는 진법이다.

그것이 조건.

조기천은 천천히 앞으로 걸어갔다.

"괜찮으시겠습니까?"

"괜찮소."

딱 보기에도 범상치 않은 기운이 느껴지는 진법이었다.

아까부터 대기가 심상치 않게 공명하고 있는 것을 보면 저 안에서 무언가 엄청난 일이 벌어지고 있다는 뜻.

때문에 엄승도는 걱정스러운 눈빛을 해 보이다가 문득 무언가를 떠올리고 고개를 끄덕였다.

상대방은 이쪽 방면의 달인이다.

그를 걱정하는 것은 그의 실력을 믿지 못한다는 말과 다름이 없다.

"여기서 기다리고 있겠습니다."

"그러시오."

조기천은 터벅터벅 앞으로 걸어갔다.

엄승도는 그 모습을 뒤에서 바라보며 눈을 빛냈다.

'이건 오히려 잘된 일이다.'

자료에서만 보았던 조기천의 실력을 직접 눈으로 보게 된 것이 아닌가?

비록 주호유라는 자에게 밀려 낙향했지만 조기천이 지닌 진법과 산법의 능력은 천하 어딜 가도 찾을 수 없을 만큼 뛰어나다고 했다.

'과연 사실일까?'

엄승도는 바닥에 편하게 앉아 정면을 뚫어지게 바라보고 있었다.

그리고 보아야만 했다.

몇 걸음 앞으로 걸어가던 조기천의 신형이 갑자기 연기처럼 눈앞에서 사라지는 것을…….

*　　　*　　　*

진법 안에 갇힌 초류향은 바닥에 털썩 주저앉았다.

그리고 한동안 머리를 긁적이며 멍한 얼굴로 전면을 응시했다.

'어째서 이런 일이…….'

진법이 발동된 것까지는 좋았다.

아니, 그저 좋기만 한 것이 아니라 대단히 만족스러운 결과였다.

초류향에게 있어서 이 진법의 발동은 상당히 의미 있는 일이었으니까.

그동안 책을 통해 이론적으로만 익힌 죽어 있는 지식이 처음으로 일상에서 써먹을 수 있는 살아 있는 지식으로 변한 것이기 때문이다.

하지만 지나치게 흥분한 것이 탈이었다.

초류향은 그렇게 스스로에게 변명을 하다가 한숨을 내쉬었다.

천하에 어떤 바보가 있어서 스스로가 만든 진법에 갇히겠는가?

그런데 그런 바보가 여기 있었다.

'내가 바보다!'

초류향은 그렇게 큰 소리로 소리치고 싶은 걸 억지로 참으며 우울한 얼굴을 해 보였다.

마지막 돌을 내려놓는 순간.

그때 아차 했지만 이미 늦었다는 것도 동시에 알아 버렸다.

울고 싶은 심정이다.

'게다가…….'

지금 가장 큰 문제는 다른 게 아니었다.

그가 진법의 발동법은 완벽하게 숙지하고 있어도 파훼법을 아직 모르고 있다는 점이 문제였다.

그 사실이 지금 초류향을 괴롭게 하고 있었다.

'자책하고 있을 틈도 없네.'

난감했다.

그때 누군가의 웃음소리가 머릿속에 울려 퍼졌다.

[꼴좋게 되었구나.]

뇌리를 울리는 음성에 초류향은 주변을 두리번거렸다.

그러다 불현듯 생각나는 것이 있어서 눈을 감고 말했다.

'어르신이십니까?'

[그래, 나다.]

이게 어떻게 된 것일까?

눈을 감지 않아도 음성이 들리다니?

초류향이 얼떨떨한 얼굴을 해 보이자 노인이 입을 열었다.

[의문스럽게 여길 것 없다. 네놈의 경지가 갑자기 상승했다는 증거니까. 그건 그렇고 지금까지 네놈의 행동은 재미있게 지켜보았다. 제법 흥미로운 접근 방식이더구나. 바보 같기도 하고.]

초류향은 어색한 얼굴로 볼을 긁적였다.

지금까지 했던 행동들을 지켜보는 눈이 있다는 걸 미처 염두에 두지 못했다.

무언가 이상했던 행동이 있나 돌이켜 보고 있을 때 노인이 입을 열었다.

[그건 그렇고 이제 여기서 어떻게 빠져나갈 생각이더냐?]

초류향은 퍼뜩 정신을 차렸다.

생각해 보니 지금은 한가하게 잡담이나 나눌 때가 아니지 않나.

그래도 내심 안도가 되었다.

자신의 머릿속에는 스스로를 제갈량이라 주장하는 천하제일 산법가가 함께 있지 않은가?

노인이 제갈량이든 아니든 간에 그의 실력이라면 이런 진법쯤은 장난거리도 되지 않을 것이다.

'도와주십시오, 어르신.'

하나 돌아오는 반응은 냉담했다.

[내가 왜?]

'……?'

예상치 못한 노인의 반응에 초류향은 당황함을 감추지 못했다. 곧이어 노인은 흐릿하게 웃으며 말했다.

[내가 널 무조건적으로 도울 이유가 없지. 네가 저지른 일이니 네가 알아서 수습해라.]

'어르신!'

초류향이 간절한 목소리로 도움을 청했지만 노인은 아무 대답도 하지 않았다.

그는 사실 지금의 상황을 즐기고 있었다.

몹시 흥미로웠기 때문이다.

그래서 조금 더 지켜보고 싶었다.

'아무것도 없는 것에서부터 깨달음을 얻어 기문(奇門)을 열었다? 그것도 고작 열한 살짜리 꼬마가?'

노인도 직접 눈으로 지켜보지 않았다면 믿을 수 없었을 만큼 엄청난 일이었다.

기문이라는 것은 굉장히 복잡하고 변화가 심해서 많은 계산식이 필요했다.

어찌 보면 산법이라는 학문에 있어서 가장 어렵고 심오한 단계라 부를 수 있는 그것을 저 어린 꼬맹이가 아무렇지도 않게 해냈던 것이다.

재능이 있다는 것은 알고 있었지만 생각보다 훨씬 뛰어났다.

그랬기에 노인에게 초류향이라는 존재는 제법 신선한 충격을 주고 있었다.

'과연 어디까지 발전하려는 게냐?'

과거에도 그랬고 지금도 그렇지만 진법을 펼친다는 것은 정말 많은 제약이 따른다.

수시로 변화하는 주변 환경에 맞춰서 변수를 정확하게 예측하고 가장 정확한 시간에 정답을 대입시켜줘야 했다.

그래야 그 변수가 진법의 핵이 되어서 인간이 만든 조그마한 공간에 천지자연의 조화를 가둬 둘 수가 있는 것이다.

노인은 섭선 끝을 매만지며 자신도 모르게 웃어 버렸다.

저 어린 나이에 벌써 그 이치를 깨달았다면 이놈은 장래에 정말 말도 안 되게 어마어마한 괴물이 될 가능성이 있었다.

보고 싶었다.

놈이 어디까지 가게 될지.

그 끝이 어디일지가 너무 궁금했다.

'우선은 지금의 난관을 어떻게 극복할지가 중요하겠지.'

노인은 심유한 눈빛으로 초류향의 행동거지 하나하나를 주의 깊게 살펴보고 있었다.

그때.

드드득—!

갑자기 주변 광경이 서서히 변하기 시작했다.

'시작이군.'

새하얗게 얼굴이 질리는 초류향과는 대조적으로 노인은 다소 느긋한 마음이 되었다.

그는 초류향과는 달리 이 진법이 어떤 것인지 잘 알고 있었다.

속속들이 너무도 잘 알았다.

파훼법도 물론 알고 있었다.

'내가 만든 진법이니 어쩌면 당연한 것인가.'

노인은 희미하게 웃었다.

보고 싶었다.

자신이 오래전 과거에 만들어 놓았던 진법을, 현재를 살고 있는 이 녀석은 과연 어떤 식으로 파훼할지.

초류향의 다음 행동을 숨죽인 채 지켜보며 노인은 크나큰 기쁨을 느꼈다.

第十章

위기에 빠진 초류향

그림 속의 노인.

그가 과거에 심심풀이로 만들어 놓았던 여러 가지 진법들.

그중 팔문금쇄진을 조조(曹操)가 우연히 훔쳐보고는 손자병법을 운운하며 본인이 만들었다고 우기고 다니는 걸 보았을 때, 노인은 그냥 웃어넘겼다.

그리고 그것이 조조가 창안한 진법이라고 후대에 전해진 것까지도 알았지만 모르는 척했다.

누가 만들었다고 알려지든 그것은 노인에게 썩 중요한 문제가 아니니까.

그래도 그놈은 진법의 요체를 정확하게 파악하고 가져다가 사용했기에 나름대로 인정해 주었다.

조기천이라는 아이 역시 마찬가지.

맨 처음 조기천이 초류향에게 보여 주었던 진법은 여러모로 불완전한 물건이었으나, 진법에 대한 이해가 모자라서 그런 것이 아니었다.

'고의적으로 누락시켰다?'

진법을 보자마자 단박에 알 수 있었다.

제법 진법을 깊게 이해하고 있던 조기천이 일부러 진법의 일부분에 구멍을 냈던 것이다.

한데 문제는 그것을 본 초류향의 반응이었다.

이 꼬마 녀석은 진법의 구멍을 가만히 들여다보더니 자신만의 방식으로 메운 후 완전한 진법으로 만들어 냈다.

이것은 열한 살 난 꼬마가 해냈다고는 도저히 믿어지지 않는 솜씨였다.

노인조차 입이 절로 벌어질 만큼 놀랐다.

곧 그 놀람을 밀어낸 자리에 강한 호기심이 자리 잡았다.

노인이 심심풀이로 만들어 놓은 진법이라지만 그 가장 밑바닥에는 산법의 핵심에 근접한 이치가 들어가 있었다.

그것을 잡아내지 못한다면 이곳에서 결코 살아나갈 수 없었다.

'이제 나에게 보여 주어라. 네 재능이 어디까지 닿았는지.'

초류향이 이 난관을 어떻게 헤쳐 나갈지 벌써부터 기대가 되었다.

'설마? 벌써?'

여유가 철철 넘치는 노인과는 달리 초류향은 지금 정신이 하나도 없었다.

터져 나오는 비명을 속으로 주워 담으며 주변을 두리번거리고 있을 때.

갑자기 바닥의 땅거죽이 솟구쳐 오르더니 눈앞에 거대한 석벽이 생겨났다. 그것은 초류향의 주변을 완벽하게 차단했다.

'쇄(鎖, 잠금)가 벌써 발동된 건가?'

이 진법은 제일 먼저 안과 밖을 완벽하게 차단하는 것에서부터 시작되었다.

지금 초류향이 자유롭게 움직일 수 있는 공간은 기껏해야 한 평 정도.

딱 바깥에 그려 놓았던 진법 정도의 크기인 것이다.

'망했다.'

초류향은 노인을 부르는 것을 포기하고 빠르게 주변을 살펴보았다.

살아날 구멍이 있나 찾아보는 것이다.

그러다 자신도 모르게 침을 꿀꺽 삼킨 후 손을 앞으로 뻗어 보았다.

단순한 호기심이었다.

눈앞에 있는 석벽이 진짜인지 아닌지가 궁금했던 것이다.

앞으로 조심스럽게 뻗은 손바닥에 석벽의 딱딱한 질감이 고스란히 느껴졌다.

"아!"

지금 눈앞에 닥친 절체절명의 위기도 잊은 채 초류향은 저도 모르게 탄성을 내뱉었다.

이것은 분명 형체가 없는 환상이다.

아니, 환상이어야 했다.

그런데 그 사실을 뻔히 알고서도 이만한 사실감이 느껴진다니 정말 놀랍지 않은가?

'형체가 있다? 하하. 이런 말도 안 되는 일이…….'

현실에서 이런 괴이한 일이 가능하리라고는 태어나서 단 한 번도 생각해 본 적이 없었다.

상식적으로 불가능한 일이었다.

하지만 지금 그 불가능하다고 생각했던 일이 눈앞에서 버젓이 일어나고 있었다.

그것도 본인이 직접 만든 작품이 아닌가?

초류향은 잠시 그 부분에서 흐뭇함을 느꼈다가 동시에 깊은 절망감을 느꼈다.

너무 완벽하게 만들어진 바람에 도저히 빠져나갈 구멍이 보이지 않았던 탓이다.

절벽의 단면을 주먹으로 쿵쿵 때리기 시작하며 초류향은 생각했다.

'제일 처음 진법이 움직이는 시기는 앞으로 일각 정도 후다.'

계산대로라면 일단 이 진법은 안에 있는 사람을 완전히 가둔 후 일각 안에 제1차 변화가 시작된다.

그 안에 무언가 그럴싸한 해결책을 내놓아야 했다.

수식에 적혀 있던 진법의 위력을 감안할 때.

해결책을 찾지 못하면 일차 변화가 찾아오는 순간 살아남지 못할 것이다.

그리고 여기서 죽는다면 그야말로 개죽음이다.

'그럴 순 없지.'

초류향은 이를 악물었다.

그리고 필사적으로 생각했다.

'우선 제일 처음 변화는 북쪽에서부터.'

동서남북.

가장 큰 변화를 일으키는 진법의 핵심이 그곳에 있었다.

'북쪽에서부터 흘러오는 거친 물이라……'

잠시 수식을 해석하고 있던 초류향은 뒷머리를 긁적였다.

쓰여 있던 수식과 그가 풀어 놓은 계산대로라면 그 위력은 그가 맨몸으로 감당할 수 없을 만큼 어마어마했다.

'제일 처음은 현무의 조화.'

동서남북을 담당하는 사신수(四神獸).

진법을 표현해 놓았던 수식들은 그것에 빗대어 해석할 수 있었다.

동청룡, 서백호, 남주작, 북현무.

그중 제일 처음은 북쪽을 담당하는 수신(水神).

현무가 조화를 부리니 곧 거대한 파도가 몰려올 징조였다.

문제는 그 사실을 뻔히 알면서도 어떻게 대처해야 할지 모른다는 점이었다.

이것은 전문적으로 진법을 배운 진법가들이 봤으면 상당히 의아해할 만한 일이었다.

진법의 발동 순서를 이다지도 정확히 알고 있고, 심지어 발동 형태까지도 알고 있다.

그럼 당연히 파훼법이 나와야 정상이었다.

만약에 진법을 이렇게까지 자세히 파악하고 있는 진법가가 지금 이 안에 들어와 있었다면 일각도 안 돼서 진법을 파훼하고 바깥으로 나갈 수 있었을 것이다.

그들은 수식이 아니라 음양오행.

즉, 상생상극의 조화로 진법을 해석했기 때문이었다.

하지만 불행히도 초류향은 진법가가 아니었다.

애초에 진법을 정식으로 배운 적도 없었다.

초류향이 알고 있는 것은 산법.

그것 하나만으로 지금의 현상을 해석하고 파훼법을 찾으려고 하니 어려운 것이다.

'현무가 의미하는 게 뭐지? 여기서 살아 나갈 방법은 뭐야?'

초류향은 스스로에게 끊임없이 질문을 해 대며 본인이 얼마나 궁지에 몰려 있는지 자각했다.

그리고 살아남기 위해 필사적으로 머리를 쥐어짜 냈다.

그렇게 발버둥 치고 있는 순간에도 삶과 죽음.

그 경계선은 착실히 초류향의 목을 조여 오고 있었다.

그러던 어느 순간 사방에 숨 막힐 듯한 적막이 찾아왔다.

꿀꺽—

초류향은 그 불길한 고요함에 자신도 모르게 마른침을 삼켰다.

그리고 그 순간 주변의 공기가 무섭게 진동하기 시작했다.

웅웅웅웅—

첫 번째 변화.

그것이 지금 막 시작되려 하고 있었던 것이다.

쿠그그극—

바닥이 빠르게 위로 솟구쳐 올라갔다.

쓰러지지 않으려고 애를 쓰며 바라보니 주변을 막아서고 있던 절벽이 아래로 내려가며 무너지기 시작했다.

그러자 보였다.

절벽으로 가로막혀 보이지 않았던 그 너머의 광경이.

"하…… 하하하……."

코끝을 스치는 짠 내음.

초류향은 본인도 모르게 실실 웃고 말았다.

너무 어이가 없으니 웃음이 나오는 것이다.

'아무리 그래도 이건 좀 너무 하잖아?'

만경창파(萬頃蒼波, 넓이를 가늠할 수 없을 정도의 푸른 물결).

절벽 너머를 바라보는 순간 딱 그 단어가 머릿속에 떠올랐다.

그 끝이 보이지 않을 정도의 푸른 바다가 보였다.

그리고 연이어 눈에 들어온 것은 하늘에 닿을 듯이 넘실거리는 거대한 파도였다.

바다는 지금 크게 화를 내고 있었다.

고오오오—

대기가 미칠 듯이 요동치며 덮쳐 오는 해일의 위력을 가늠하게 해 주었다.

첫 번째 변화.

수신 현무의 진노(震怒).

즉, 만경창파의 거대한 해일이 초류향을 향해 몰려오고 있었던 것이다.

몸이 저절로 떨렸다.

엄청난 속도로 밀려오는 파도의 위력을 온몸으로 느끼면서, 두려움에 이가 딱딱 부딪치기 시작했다.

'생각해. 생각해 내야 한다. 죽기 싫으면, 살고 싶으면 생각해!'

안경을 고쳐 쓰며 초류향은 눈을 반짝였다.

분명히 여기 어디엔가 안전한 장소가 있을 것이다.

이것은 단순히 짐작이나 예감 같은 것이 아니었다.

진법에는 생문(生門)과 사문(死門)이 있었다.

정식으로 진법을 배운 것이 아니었기에 알고 있는 지식은 그것이 전부였지만 그 정도만 해도 감지덕지했다.

초류향은 머릿속으로 수식들을 빠르게 풀어 나가며 천천히 바닥을 더듬거렸다.

'진법의 변화를 담당하는 곳은 총 여덟 곳. 그중에 생문은……'

진법의 중추가 되는 변수는 총 여덟 개였다.

그 변수 중의 하나가 지금 발동되었으니 여덟 곳 중 단 한 곳의 자리만 안전하게 비어 있다는 소리였다.

문제는 그곳이 어디인지 전혀 모른다는 것에 있었지만.

그래도 초류향은 희망을 버리지 않았다.

지금 초류향이 서 있는 곳은 섬이었다.

딱 한 평 크기의 작은 무인도.

사방이 바다로 가로막혀 있고, 그 가운데에 홀로 외롭게 떠 있는 작은 바위섬에서 초류향은 무언가를 열심히 찾고 있었다.

그리고 수색 범위가 좁은 만큼 찾던 것은 금방 발견되었다.

하지만 초류향은 한동안 망설였다.

'정말 여기가 맞을까?'

겨우 어린아이 하나가 앉을 정도의 작은 공간.

주변에 있는 다른 돌덩이들과는 조금 다른 느낌의 넓고 평탄한 바위를 보며 초류향은 생각했다.

계산대로 답을 내 보았을 때 이 바위가 있는 곳은 숫자로 오(五)를 의미했다.

팔각형의 꼭짓점들 중에 가장 남쪽.

즉, 북쪽의 수신 현무의 자리와 완전히 대칭을 이루는 장소가 바로 저곳이었다.

초류향은 지금 선택의 기로에 서 있었다.

게다가 상황도 아주 고약했다.

만약 잘못 선택한다면 한 방에 죽을 수밖에 없는 그런 최악의 상황인 것이다.

초류향은 떨리는 손으로 안경을 고쳐 쓰며 씁쓸하게 웃었다.

본래 맨 처음에 했던 생각은 북쪽의 수신 현무가 발동되었으니 그것이 발동되었던 자리로 들어가자는 것이었다.

그때 연이어 어떤 의심이 불쑥 떠올라 맨 처음의 생각을 빠르게 따라잡아 내리누르고 초류향의 전신을 지배했다.

그것은 아주 단순한 의심.

'이렇게 쉬울 리가 없지.'

여태까지 겪은 경험에 비추어 볼 때 그랬다.

일차적인 단순한 생각만으로는 답이 나오지 않았다.

우선 진법을 구성하는 수식부터가 매우 복잡했다.

그리고 수식을 이해한 뒤로도 변수의 존재를 깨닫고 실제로 진법을 발동하기까지, 너무 복잡하고 어려운 일투성이었다.

머리가 터져 버릴까 걱정될 정도였으니까.

그런데 그 결과물의 정수라고 할 수 있는 진법의 해답이 이렇게 단순 명쾌하게 나오다니?

절대 그럴 리가 없다.

거기에 강한 의구심과 함께 반발심이 생겼다.

그래서 다시 한 번 생각한 끝에 찾아낸 안전한 장소가 바로 이 바위였다.

그런데 확신이 없었다.

처음의 생각이 맞을지 나중의 의심이 맞을지.

'확률은 반반. 아니, 사실 절반도 안 되는 확률 같은데.'

쿠콰콰콱—!

초류향은 코앞까지 다가온 해일을 보다 자신도 모르게 툴툴 웃었다.

이젠 해일에서 일어나는 새하얀 포말이 눈에 보일 정도다.

정말 선택의 순간이 온 것이다.

확률 역시 산법의 일부지만, 명확하게 답이 나오는 다른 계산법과는 달리 매우 불안정하고 불확실했다.

그리고 초류향이 산법에서 가장 싫어하고 피하고자 하는 계산법이기도 했다.

'게다가……'

지금 더 큰 문제는 무엇보다 확률이 더 적은 곳임을 알면서도 본능적으로 그곳을 향해 몸을 움직이는 자신이었다.

그 한심함에 절로 웃음이 나왔다.

결국 나중에 든 의심.

즉, 산법으로는 계산되지 않았던 직감이라는 것을 믿기로 한 것이다.

그렇게 초류향이 자리로 몸을 움직이는 순간.

거대한 해일이 초류향의 전신을 집어삼켰다.

*   *   *

'이상하군.'

진법의 제일 바깥쪽에 진입한 조기천은 곤혹스러운 얼굴로 턱수염을 연신 쓰다듬었다.

정말 이상한 일이었다.

진법이 발동되어 제일 첫 번째 변화에 들어선 것은 들어오자마자 알수 있었다.

팔문금쇄진.

나관중의 삼국지연의를 살펴보면 위나라의 시조이자 난세를 주름잡았던 인물, 조조가 나온다.

팔문금쇄진은 난세의 간웅으로 이름난 그가 손자병법을 참고해서 직접 만들었다고 알려진 진법이다.

그리고 여담이지만 조조가 만든 이 희대의 절진을 격파한 것은 유비의 모사로 유명한 서서다.

아무튼 본래 팔문금쇄진은 대규모의 병력을 효과적으로 통제하며 적들을 격살하기 위해 만들어진 병영진법(兵營陣法)의 한 형태였다.

조기천은 그것을 응용하여 일반적인 진법으로 만들어 놓았을 뿐이다.

병영진법과 그냥 진법은 그 쓰임과 용도가 분명 다르다.

하지만 당연히 그 중요한 요체는 크게 다르지 않았다.

현재는 고대의 문서상으로만 존재하는 팔문금쇄진을 홀로 복원해 내었기에, 조기천은 천하의 그 누구보다도 이 진법을 잘 안다고 자부할 수 있었다.

'이제 슬슬 여기가 열려야 하는 것이 분명한데……'

팔문이라는 이름처럼 이 진법에는 여덟 가지의 묘리가 숨어 있었다.

그것을 잘 알고 있는 조기천이었기에 진법의 제일 바깥에 들어와서 기다리고 있었던 것이다.

지금 이 시각에 여기에서 기다리고 있으면 안으로 들어갈 수 있는 문이 눈앞에 자연스럽게 열릴 터였다.

그런데 문은 고사하고 눈앞에 갑자기 나타난 이 거대한 바위벽은 대체 무엇이라는 말인가?

손을 뻗어 만져 보니 그 사실적인 질감과 단단함에 벌어진 입을 다물 수가 없었다.

'그 아이가 대체 무슨 짓을 한 것인가?'

그가 적어 준 수식만으로는 절대 이 정도의 현실감을 보여 줄 수가 없다.

이 정도의 사실감과 현실감이라면 현재 황실을 보호하고 있는 현령천무대진(顯靈天武大陣)과 거의 맞먹는 수준이 아닌가?

'하지만……'

조기천은 바닥을 유심히 바라보았다.

견고해 보이긴 했다.

하지만 들어갈 틈이 전혀 없는 것도 아니다.

다른 사람이라면 모르겠지만, 적어도 초류향에게 이 진법을 풀어 써 주었던 조기천은 여기에 있는 치명적인 빈틈 역시 알고 있기 때문이다.

일부러 허술하게 만들어 놓은 빈틈.

진법을 완전히 이해하고 있던 조기천이었기에 초류향이 돌파하기 쉽도록 진법의 일부분을 고의적으로 누락시켜 놓은 것이었다.

하지만 즉석에서 생각해 낸 것이라 똑똑한 초류향이 오히려 그것을 눈치채고 지나치게 빨리 돌파할까 걱정했을 만큼 허술했던 빈틈이다.

조기천은 지금 그 미세한 균열을 찾고 있었다.

'아마 지금쯤이겠군.'

훌륭한 진법이란 시시각각 자유롭게 변화하는 것이어야 했다.

그 한없이 무한한 자율성이야말로 예측 못 할 변화를 만들어 내고, 그 엄청난 변화를 통해 비로소 진법은 완전해진다.

조기천은 바닥을 살피며 이동하다가 어떠한 곳에서 걸음을 멈추었다.

그리고 마음속으로 셈을 하며 차분하게 기다렸다.

조기천은 살며시 앞으로 손을 뻗으며 속으로 말했다.

'지금.'

와르륵─

정면을 막고 있던 석벽이 그의 가벼운 손길에 힘없이 무너지며 뻥 뚫린 입구를 열어 보였다.

원하던 입구가 열렸지만 조기천의 표정은 그다지 밝지 않았다.

아니, 오히려 전보다 더욱 심각해졌다.

'대체 무슨 짓을 해 놓은 게냐?'

본래의 진법보다 적어도 그 위력이 열 배 이상 강력해져 있었다.

조기천의 얼굴이 점점 딱딱하게 굳어져 갔다.

원래대로라면 벽이 무너지는 것에서 끝나는 것이 아니라 진법이 전부 깨져야 옳았다.

그가 일부러 만들어 놓은 파훼법이었기 때문이다.

'허허. 설마 진법 전체를 완전히 바꿔 버린 건가?'

믿을 수 없지만 그런 것 같았다.

정말 대단한 아이였다.

어떻게 한 것인지는 모르겠지만 놀람의 연속이었다.

드드득—

석벽이 다시 꿈틀거리며 본래의 모습으로 복구되려 하고 있었다.

여기서 결단을 내려야 했다.

초류향이 무슨 짓을 어떻게 해서 불안정했던 진법을 완성시켰는지 모르겠지만, 이것은 조기천이 처음에 생각했던 그 진법이 아니다.

그랬기에 더욱 위험했다.

'위험하다?'

조기천은 자기도 모르게 씁쓸하게 웃었다.

확실히 전혀 모르는 생소한 진법 안으로 무작정 들어간다는 것은 목숨을 담보로 한 자살행위와 다름이 없었다.

본래대로라면 진법의 변화를 조금 더 관찰하며 신중하게 계산을 하고, 확신을 가질 때까지 몇 번이고 되새김질해 보았을 것이다.

하지만 지금의 조기천은 망설이지 않았다.

이 위험한 진법 안에는 분명 초류향이 있을 것이기 때문이다.

그의 첫 번째 제자이자 자신이 내준 숙제로 인해 이 진법 안에 갇혀 있는 아이.

그 아이를 구하려면 여기에서 망설이고 있을 시간이 없었다.

흔들거리며 본래의 형상을 갖춰 가는 문 안으로 성큼성큼 걸어가며 조기천은 떨리는 손으로 수염을 매만졌다.

팔문금쇄진의 첫 번째 변화.

현무의 진노가 이렇게나 완성된 진법 안에서 과연 어느 정도 위력을 발동할지 선뜻 가늠이 되지 않았기 때문이다.

*   *   *

조기천이 진법 안으로 들어온 그 순간, 초류향은 이마에 흐르는 식은땀을 닦고 있었다.

'운이 좋았다.'

정말 운이 좋았다.

씁쓸한 일이지만 계산했던 정답보다 직감을 선택한 것이 결과적으로 보면 현명한 선택이었다.

눈앞에 몰려온 사나운 해일이 어느새 깊은 바다로 변해 있었지만 초류향이 앉아 있는 자리만은 그 어떤 물살도 침범하지 못했다.

가만히 그것을 지켜보고 있을 때.

초류향은 뒷머리를 긁적였다.

난감했기 때문이다.

조금 있으면 이 사나운 현무의 진노가 끝날 것이다.

그럼 곧장 이어지는 그다음의 변화를 무슨 수로 버텨 내야 할까?

방금은 두 개 중 하나를 선택하는 것이었다.

그랬기에 확률적으로 유리했다.

그럼 이다음은?

세 개 중의 하나다.

과연 그때도 지금처럼 운이 좋을까?

초류향이 그런 생각을 하며 괴로운 얼굴을 할 때였다.

[방해자가 있군.]

뇌리 속에 울리는 마뜩잖은 음성에 초류향이 고개를 돌려보자 저 멀리 누군가가 서 있는 모습이 눈에 들어왔다.

그리고 그 누군가는 초류향이 익히 잘 알고 있는 사람이었다.

"스승님?"

시커먼 바닷속.

그 심해의 깊은 곳을 초췌한 얼굴로 느릿하게 걷고 있는 노인.

바로 스승인 조기천이었다.

초류향이 깜짝 놀라 자리에서 벌떡 일어서 앞으로 한걸음 내디뎠다.

동시에 뇌리에서 비웃음이 들려왔다.

[네놈은 정말 바보로구나…….]

눈앞이 아찔해졌다.

그와 함께 시야가 흔들리며 사나운 해일이 전신을 덮쳐 왔다.

옷이 축축하게 젖어들며 온몸이 물먹은 솜처럼 무거워졌다.

하나 초류향은 숨을 꾹 참으며 이를 악물었다.

이번엔 충분히 그 위험을 알고 있었다.

하지만 그래도 움직였다.

스승님이 위험했으니까.

어째서 스승님이 이곳에 계신지까지는 모른다.

아니, 알 필요도 없었다.

지금 초류향에게 중요한 건 그게 아니니까.

'내가 구해야 해.'

초류향은 해일에 휩쓸리려고 하는 몸을 억지로 곧추세우며 스승님을 바라보았다.

스승님은 아까부터 입을 열어 무어라 자신에게 말하고 있었다.

초류향은 스승님에게 다가가며 자신도 모르게 그 입 모양을 따라해 보았다.

'말을…… 봐라?'

저게 무슨 수수께끼 같은 말일까?

초류향은 가만히 생각하다가 서서히 숨이 막혀 오는 것을 느꼈다.

가슴이 답답했다.

그 모습을 본 조기천은 다급한 얼굴로 연신 같은 말을 반복하고 있 었다.

그때 초류향의 눈에 무언가가 잡혔다.

그에게 다가오는 스승님의 이상한 걸음걸이가 보였던 것이다.

'발을 봐라?'

이거였다.

초류향은 직감적으로 스승님의 말을 제대로 이해했다고 생각했다.

조기천은 아까부터 술에 취한 것처럼 비틀거리며 걷고 있었다.

하지만 저렇게 걷는다고 과연 도움이 될까?

초류향이 서둘러 흉내 내어 스승님처럼 걸어 보았지만 상황은 전혀 나아지지 않았다.

오히려 몸은 심해의 깊은 곳에 갇혀 있는 것처럼 더욱 무거워졌고, 사방에서 압박해 오는 엄청난 격류에 당장이라도 휩쓸려 날아가 버릴 것만 같았다.

그때.

[이 멍청한 놈! 내가 너에게 알려 준 것은 대체 언제 써먹을 생각이

냐!]

　노인의 호통에 초류향은 다시금 정신을 차렸다.

　알려준 것?

　초류향은 그제야 떠올랐다.

　이곳은 진법 안.

　인간이 인위적으로 만든 허구의 공간이다.

　그리고 자신에게는 세상의 근원을 올바르게 볼 수 있는 방법이 있지 않던가?

　'정관법!'

　초류향은 필사적으로 호흡을 고르며 눈을 반개했다.

　가늘게 뜬 그의 시선에 바닥에 어지럽게 씌어 있는 숫자들이 눈에 들어왔다.

　그것들 중 푸른빛을 띠고 있는 숫자에 본능적으로 걸음을 옮겼다.

　"어?"

　그러자 거짓말처럼 몸을 내리누르고 있던 압력이 씻은 듯이 사라졌다.

　동시에 호흡도 가능해졌다.

　초류향이 놀란 눈을 휘둥그렇게 뜨고 스승님을 바라보았다.

　스승인 조기천 역시 놀란 눈으로 그를 보고 있었다.

　다급한 마음에 발을 보라고 말은 했지만 설마하니 제자가 제대로 해낼 줄은 몰랐던 것이다.

　그때 갑자기 초류향이 밟고 있던 바닥의 숫자가 빠르게 붉은색으로 변해갔다.

동시에 호흡이 가빠졌다.

초류향은 허둥거리며 다시 앞에 있는 바닥의 푸른 숫자를 밟았다.

그렇게 조금씩 앞으로 걸어가 스승의 소매를 잡았다.

"스승님!"

조기천은 그답지 않게 매우 놀란 얼굴이었다.

그리고 제자에게 물었다.

"파훼보(破毁步)는 언제 배웠느냐?"

"파훼보요?"

초류향은 고개를 갸웃거리다가 곧 스승님의 이상한 걸음걸이를 기억해 내고 고개를 저었다.

"파훼보라는 건 배운 적이 없습니다."

"하면 어떻게 진법 안을 걸어 다닌 게냐?"

조기천은 아까부터 이해할 수 없는 일투성이였다.

진법 안에 들어와서 복잡한 계산들을 하며 조금씩 앞으로 걸어가자 제자가 앉아 있는 장소가 눈에 띄었다.

대견하게도 진법에서 가장 안전한 생(生)의 자리를 찾아서 앉아 있는 것이 아닌가?

하지만 기쁨도 잠시뿐이었다.

다음의 변화 때면 상황은 지금보다 더 나빠질 것이 뻔했다.

초조한 마음으로 계산을 해 가며 조금씩 걸어가는데 제자가 자기를 보고 놀란 토끼 눈을 하더니 불쑥 앞으로 걸어왔다.

그 무모함에 조기천은 속으로 기겁하며 자신도 모르게 발걸음이 꼬일 뻔했다.

발을 보며 따라 하라고 말은 했지만 실제로 가능할 거라고는 기대하지 않았다.

그런데 이게 웬걸?

제자는 잠깐 헤매더니 곧 자신보다 더 능숙한 걸음으로 진법 안을 걸어오지 않는가?

그 잠깐 사이에 파훼보의 묘리를 깨우쳤다?

이건 단순히 재능이 있고 없고의 문제가 아니었다.

애초에 공자님이 무덤에서 다시 살아난다고 해도 불가능한 일이기 때문이다.

"일단 여기서 나가자꾸나. 나가서 이야기하자."

"예."

"내 뒤를 따라 오거라."

"알겠습니다."

조기천은 신중하게 걸었다.

평범한 사람들이 수십 번에 걸쳐서 할 계산을 머릿속으로 한순간에 끝내며 한 걸음씩 천천히 걸었다.

초류향은 그 발걸음을 유심히 바라보았다.

어떻게 하는 것인지 그 방식은 모르겠지만 지금 스승님은 바닥의 푸른 숫자들을 정확하게 밟고 있었다.

정관법도 모르는데 마치 눈에 보이는 것처럼 정확하게 푸른 숫자만 밟아가고 있지 않은가?

'대단하다.'

스승님은 분명 정관법과는 다른 방식으로 진법을 바라보고 있는 게 확실했다.

그게 무엇인지 너무 궁금했지만 지금은 그것을 물어보기에 상황이 좋지 않았다.

'처음부터 정관법을 쓰는 거였다.'

그랬으면 진법 안에서 그렇게 헤맬 필요가 없었는데…….

초류향이 아쉬워할 때 뇌리에 노인의 음성이 울려왔다.

[애송아, 모든 걸 쉽게 얻으려 하지 마라. 지금 네가 했던 고민들이 훗날 너에게 큰 자산이 될 것이다.]

초류향은 자신의 생각을 읽는 존재를 자꾸 잊어버린다는 것을 깨달으며 볼을 붉적였다.

'어쨌든 고맙습니다.'

노인이 조언을 해 주지 않았으면 스승님을 구하러 나왔다가 되레 짐이 될 뻔하지 않았나?

그렇게 생각하던 초류향은 불현듯 의문이 생겼다.

'그런데 내가 만든 진법이 이렇게 컸었나?'

거의 반 각 가까이 걸어 다닌 것 같은데 출구에 도착하지 못한 것이 이상했다.

기껏해야 한 평 남짓한 공간이 아니던가?

그 의문에 노인이 웃으며 대답했다.

[네놈들은 지금 같은 자리를 뱅뱅 돌고 있는 것이다.]

초류향은 그제야 고개를 끄덕였다.

진법 안에서는 방향 감각을 완전히 상실한다.

지금 제 길을 가고 있는 것 같지만 사실은 아닐 수도 있는 것이다.

그렇게 초류향이 생각을 정리하고 있을 때 앞서 가던 스승님이 걸음을 멈췄다.

"여기다."

초류향은 주변을 두리번거렸다.

주변과 다를 것이 없어 보이는 빈 공간이 아닌가?

그때 스승님이 웃으며 말했다.

"잘 보거라."

그러고는 한걸음 성큼 앞으로 내디디자 스승님의 몸이 갑자기 허공에서 사라져 버렸다.

초류향이 서둘러 뒤따르자 갑자기 눈앞이 환하게 밝아졌다.

동시에 감각이 크게 열리는 듯한 느낌이 들었다.

"어르신, 괜찮으십니까?"

"난 괜찮소."

밖에서 기다리고 있던 엄숭도와 조기천이 이야기를 나눌 때 초류향은 잠깐 멍한 얼굴로 주변을 둘러보았다.

조금 전까지 심해의 밑바닥을 걸어 다니고 있지 않았던가?

그 모든 것이 허상이었다니…….

너무도 생소한 경험에 초류향은 잠시 넋을 놓고 말았다.

그러던 그의 눈에 보였다.

바닥에 그렸었던 진법이…….

'이건…….'

달랐다.

분명 진법의 여덟 꼭짓점에 멀쩡한 돌멩이를 올려놓았는데 지금은 돌들이 완전히 부서져 있었다.

"대체 어떻게 된 일이더냐?"

조기천이 어깨를 주물럭거리며 초류향에게 다가가 묻자 초류향은 그제야 퍼뜩 정신을 차리고 입을 열었다.

"걱정 끼쳐드려서 죄송합니다. 스승님."

조기천은 고개를 끄덕였다.

그리고 다시 물었다.

"그래, 한데 대체 어떻게 진법을 발동시킨 게냐? 파훼보는 어떻게 알았던 것이고?"

"그게……."

막 입을 열어 하나씩 설명하려던 초류향은 문득 조기천의 옆에 서서 자신을 뚫어져라 지켜보고 있는 엄승도를 보며 되물었다.

"한데 이분은 누구십니까?"

그제야 조기천도 거기에 생각이 미친 것인지 엄승도를 바라보며 입을 열었다.

"이번에 내 도움이 필요해서 찾아온 사람이다. 천마신교에서 나왔다고 하더구나."

"천마신교!"

초류향은 눈을 부릅떴다.

천마신교라면 강호에서 그 유명한 마교가 아닌가?

엄승도는 초류향의 선명한 표정 변화를 보며 씁쓸하게 웃었다.

"어린 도련님께서 생각하시는 것처럼 그렇게 나쁜 집단이 아닙니다, 우리는."

"……."

초류향은 상대방의 말에 자신의 실책을 깨닫고 재빨리 표정을 숨겼다.

"어쨌든 만나서 반갑습니다. 노사님의 제자 되신다고 들었습니다."

"예."

초류향은 제법 정중하게 대하는 엄승도를 보며 바짝 긴장했다.

자신을 살펴보는 엄승도의 시선에서 어떤 의구심을 읽었기 때문이다.

'이상하군.'

확실히 엄승도는 초류향을 의심스럽게 보고 있었다.

이 꼬맹이가 어디에 사는 누구인지, 누구의 자식인지, 뭐하는 놈인지는 시간이 지나면 자연스럽게 알아낼 수 있었다.

하나 지금 엄승도가 정말 궁금한 것은 눈앞에 있는 꼬맹이의 신상정보 따위가 아니었다.

어째서 이 어린 꼬마에게서 그가 강호에서 정말 드물게 보았던 어떤 흔적이 보이는 것일까?

'설마 환골탈태를 한 건 아니겠지?'

이건 정말 말도 안 되는 의심이었다.

환골탈태라는 것은 뛰어난 무인이 뼈를 깎는 노력으로 화경의 경지에 들어서야 비로소 겪을 수 있는 매우 드물고 진귀한 경험이었다.

그것을 누구보다도 잘 알고 있는 엄승도였다.

하지만 자꾸만 그런 이상한 의심이 마음속에서 고개를 드는 건 어쩔 수가 없는 모양이다.

환골탈태 직후 아주 잠깐 동안 나타나는 특이한 현상이 이 꼬마에게 잠깐이지만 보였기 때문이다.

'광배(光背, 후광)라니……'

평범한 사람에게는 보이지 않겠지만 화경에 근접한 절정 고수인 엄승도에게는 똑똑히 보였다.

방금 순간적으로 초류향의 전신에서 찬란한 서기를 보았던 것이다.

'과한 생각이다.'

그는 한동안 미심쩍은 눈빛으로 초류향을 살펴보았지만 그 번쩍거리던 후광은 어느 새인지 사라지고 없었다.

그래서 더 수상했다.

한동안 초류향의 구석구석을 꼼꼼하게 살펴보던 엄승도는 그를 바라보는 따가운 시선이 느껴지자 곧 사람 좋은 웃음을 입가에 그리며 말했다.

"이거 실수했습니다. 제 직업이 이런 일을 하는 것이라 어쩔 수 없이 실례했네요. 전 천마신교에서 나온 엄승도라고 합니다."

"초류향입니다."

초류향은 말을 하며 안경을 고쳐 썼다.

느낌이 좋지 않은 사람이었다.

그랬기에 무의식적으로 정관법을 이용해 사내의 이마를 훑어보았다.

'오십팔……'

과연 보통 사람보다 훨씬 뛰어난 사람이다.

만만하게 봐서는 안 될 사람이었다.

"이번에 노사께서 본 교의 일에 도움을 주신다고 했습니다. 근데 제

자 되시는 어린 도련님과 같이 가겠다고 하시는데 어린 도련님의 생각
은 어떠신지요?"

이건 무슨 소리일까?

정중하게 말하고 있지만 사내의 말투에는 거절해 주기를 바란다는
완곡한 속뜻이 분명히 숨어 있었다.

초류향은 곧장 대답하지 않고 스승님을 바라보았다.

무언가 부연 설명을 더 해 주실 것이라 여긴 것이다.

과연 조기천 역시 그 부분에 대해서 말하고 싶은 것이 있었는지 곧
장 입을 열었다.

"천하제일 진법을 보여 준다고 하더구나. 내가 생각하기에 너의 공
부에도 많이 도움이 될 것 같아서 허락했는데 너는 어떻게 생각하느
냐? 원치 않는다면 거절해도 괜찮다."

엄승도는 눈살을 찌푸렸지만 일단 잠자코 있었다.

거절한다고?

그게 가능한 소리인가, 지금.

산법만 파고든 이 순박한 노학자님께서는 천마신교의 위험성을 몰
라도 너무 몰랐다.

그들이 하는 행사를 알게 된 이 시점에서 거절이라는 것은 애초에
있을 수가 없는 일이다.

하나 엄승도는 그 말은 속으로 삼켰다.

눈앞에 있는 이 꼬마가 어떤 대답을 할지 아직 모르기 때문이다.

'천하제일 진법이라고?'

초류향은 단어를 듣는 그 순간부터 이미 눈을 반짝이고 있었다.

진법이라는 것을 몰랐다면 모르겠지만 그 엄청난 세계를 알아 버린 상태다.

게다가 천하제일이라니?

당연히 보고 싶었다.

방금 전에 고생을 했던 진법만 해도 엄청나게 복잡하고 전혀 다른 차원의 숫자 배열이 그곳에 있지 않았는가?

그럼 천하제일이라는 진법은 과연 얼마나 대단할까?

점점 황홀해지는 초류향의 표정을 보며 엄승도는 자신도 모르게 눈을 찌푸렸다.

'어째 같은 족속들끼리 만난 모양이군.'

끼리끼리 어울린다는 말이 있다.

그렇게 속으로 욕을 하고 있을 때 초류향이 입을 열었다.

"아무래도 할아범에게 대충이라도 설명하고 가야 할 것 같습니다. 걱정을 너무 하는 편이라서요."

"그렇게 하려무나."

조기천은 선선히 고개를 끄덕였다.

하던 이야기는 마무리되었지만 아까 초류향에게 했던 질문을 굳이 다시 하지 않았다.

조금 전에는 너무 흥분하는 바람에 엄승도가 옆에 있다는 것을 잠시 잊고 있었다.

하나 지금은 아니다.

저런 위험한 무림인이 있는 곳에서 이런 중요한 화제를 함부로 거론하고 싶지 않았던 것이다.

'차차 알아 가면 되겠지.'

사실 진법을 발동시키고 파훼보를 사용한 비결에 대해 알고 싶은 마음이 굴뚝같았지만 지금은 그것을 물어볼 때가 아니라고 생각하며 억지로 그 궁금증을 억눌렀다.

"그럼 어린 도련님도 본 교에 따라가시겠다는 말씀이시지요?"

"예. 신세지게 되었습니다."

"예에……. 하면 시간이 많지 않으니 서둘러 주시겠습니까?"

엄승도는 포기한 표정으로 대답했다.

결국 이 꼬맹이까지 데려가야 했다.

이건 별로 바라던 상황이 아니다.

모쪼록 비밀은 아는 사람이 적을수록 좋은 것이니까…….

하지만 거절해서 일이 복잡하게 되는 것보다는 나을 수도 있다고 애써 자위했다.

혹 하나를 더 달게 된 엄승도의 실망스러운 표정과는 달리 초류향의 얼굴에선 설렘과 기대감이 교차했다.

그건 오히려 이쪽에서 바라던 바였으니까.

천하제일 진법이라는 것이 몹시 궁금했기 때문이다.

지금 그가 가는 곳이 어디고 그곳에 어떠한 위험이 도사리고 있는지도 모른 채 마냥 기분이 좋았다.

하나 이 순간 내린 선택.

지금의 결정이 차후에 초류향이 평생을 두고 후회할 최악의 결정이 될 줄은 이때에는 짐작조차 하지 못했다.

第十一章

사람 잡는 영약

달리는 마차 안.

그 안에는 지금 엄승도와 조기천, 그리고 초류향이 앉아 있었다.

엄승도는 마차의 덜컹거림을 느끼며 입을 열었다.

"조금 전에도 말씀드렸지만 저희에게는 이제 시간이 별로 없습니다. 그래서 부득이하게 강행군을 해야겠습니다."

엄승도는 말하다가 소매에서 작은 호리병을 하나 꺼내 들었다.

"미리 말씀드리지만 체력적으로나 정신적으로나 기대만큼 그다지 유쾌한 여행이 되지 않을 겁니다. 촉박한 시간 관계상 무리하게 이동을 해야 할 테니까요. 아마 자는 동안에도 계속 이동하게 될 겁니다."

"자는 동안에 어떻게 이동한다는 말이오?"

벌써 세 시진을 쉬지 않고 이동해 왔다.

중간에 볼일을 본다든가 하는 것 외에는 마차를 한 번도 멈춘 적이 없지 않은가?

조기천이 지친 얼굴로 질문하자 엄승도는 호리병의 마개를 조심스럽게 열며 대답했다.

"잠도 마차에서 주무셔야 할 겁니다. 되도록 그런 상황은 피하고 싶었지만 이건 정말 어쩔 수가 없습니다. 이해해 주시길 바랍니다."

조기천의 안색이 더욱 나빠졌다.

나이가 나이인 만큼 이러한 강행군은 자신이 없었기 때문이다.

그 기색을 읽었음인지 엄승도가 빙긋 웃으며 말했다.

"그래서 저희 쪽에서 사전에 준비한 게 바로 이겁니다."

"그게 뭐요?"

"본 교에서도 극히 제한된 수량만 외부로 반출되는 아주 특별한 영약이지요. 이것이 바로 본 교의 자랑 중 하나인 천마령단입니다."

"천마령단?"

천마령단(天魔靈丹).

그것은 절세의 영약이거나 아주 귀한 영단은 아니었다.

하지만 적어도 강호에 일반적으로 알려진 영약들보다는 그 효력이나 효과가 아주 뛰어난 명약이었다.

제작에 드는 비용은 매우 비싸지만, 효과가 뛰어나면서도 많은 수량을 만들 수 있다는 장점이 있기 때문에 천마신교에서도 천마령단의 제조법은 극비에 속한다.

당대의 교주가 직접 관리하고 있는 물품 중의 하나인 것만 놓고 봐도, 그 가치가 실로 작지 않은 물건이었다.

하나, 강호 무림에 문외한인 조기천과 초류향은 그런 사실을 알 리가 없다.

보물도 가치를 알아보는 사람이 가지고 있어야 보물이다.

천마령단의 가치를 모르는 조기천과 초류향이었기에 엄승도의 말에도 별 반응 없이 멀뚱거리며 마차에 앉아 있을 뿐이다.

그러자 자랑스럽게 단을 꺼내 든 엄승도는 민망한 얼굴로 두 사람을 번갈아 보며 물었다.

"혹시…… 천마령단에 대해서 한 번도 들어본 적이 없으십니까?"

"그렇소."

조기천의 솔직한 대답에 엄승도는 입맛을 다시며 말했다.

"그쪽 도련님께서도?"

"들어본 적 없습니다."

"끙……."

기다렸다는 듯이 튀어나온 모른다는 대답에 엄승도는 낮게 침음을 삼켰다.

뛰어난 영약임은 틀림없지만 그 효능을 일일이 설명하기도 구차하고 좀 난감한 상황이 아닌가.

'내가 약장수도 아니고…….'

엄승도는 아쉬운 얼굴로 호리병에서 아주 작은, 대충 손톱 크기만 한 검은색 약을 꺼내며 말했다.

"알아듣기 쉽게 설명하자면 이건 몸에 정말 좋은 영약입니다. 구구절절 설명하기도 구차하니 한번 드셔 보시지요. 입에 넣는 순간 이 약에 얼마만큼의 가치가 있는지 바로 아시게 될 겁니다."

조기천은 엄승도가 내미는 검은색 환약을 슬쩍 보기만 할 뿐, 받아들지 않았다.

미심쩍은 것이다.

이것이 무엇인지, 어떤 용도인지도 모르고 무턱대고 주는 대로 받아먹는 것은 바보들이나 하는 짓이었다.

그의 그런 마음을 읽은 엄승도가 웃으며 말했다.

"몸에 해가 되는 약은 아닙니다."

"……."

다시 권했지만 조기천은 묵묵부답이었다.

"본 교가 만약 노사에게 어떤 수작을 부리려 했으면 이렇게 노골적으로 하지 않았을 겁니다. 아주 은밀하게 했겠지요. 아마 당하고 나서도 노사께서는 알아채지도 못했을 만큼 조용하고 은밀하게 말입니다."

"……."

조기천의 얼굴에는 여전히 불신감이 가득했다.

엄승도는 결국 고개를 저으며 말했다.

"할 수 없군요. 직접 보여드리는 수밖에."

엄승도는 환약들 중 하나를 입으로 가져갔다.

그리고 바로 입안에 털어 넣었다. 혀에 닿는 순간 환약은 물처럼 변해 목구멍을 타고 흘러내려 갔다.

엄승도는 위장에서부터 퍼지는 약의 효능을 직접 느끼며 뿌듯한 표정으로 말했다.

"독약이 아니라는 건 이걸로 대충 증명을 한 듯한데, 어떻습니까?"

"……나중에 정말 많이 힘들어지면 말하겠소."

조기천이 끝내 사양하자 엄승도는 실망한 얼굴을 해 보였다.

그가 생각했던 것보다 천마신교에 대한 세간의 인식이 좋지 않았던 것이다.

천마신교를 진심으로 사랑하고 있는 그에게 있어 참으로 애석한 일이 아닐 수 없었다.

그때.

"전 먹겠습니다."

엄승도는 눈을 동그랗게 뜨고 초류향을 바라보았다.

이건 전혀 기대하지도 않았던 반응이다.

엄승도는 반색하며 대답했다.

"우리 어린 도련님께서는 이 약을 드시겠다구요?"

"예."

엄승도는 조기천을 힐긋 보았다.

조기천 역시 전혀 예상하지 못했던 일인 듯 약간은 질책하는 눈으로 초류향을 바라보고 있었다.

"도련님께서는 의심스럽지 않습니까?"

"예."

"독약일 수도 있는데요?"

"방금 눈앞에서 복용하시지 않았습니까?"

엄승도는 슬쩍 웃었다.

갑자기 장난을 치고 싶어진 것이다.

"제가 독에 해를 입지 않는 어떤 특별한 훈련을 받은 것일 수도 있지 않습니까? 그건 의심스럽지 않습니까?"

초류향은 안경을 고쳐 썼다.

그리고 잠시 이해할 수 없다는 눈으로 엄승도를 바라보았다.

"제가 그 약을 복용하는 게 싫으십니까?"

"예?"

"혹시 저한텐 아까워서······."

"절대 아닙니다만."

"지금 상황에서는 제가 약을 먹어 보는 게 좋을 깃 같아요. 그렇죠?"

물론 그랬다.

조기천의 얼굴을 보니 당장에라도 기절하지 않는 게 용할 정도로 지친 기색이 역력했다.

병이라도 생기기 전에 이 약을 먹게 해야 하는데, 말로는 그를 설득하기가 쉽지 않아 보인다.

이런 상황에서 제자인 초류향이 약을 먹고 괜찮다는 걸 보여 준다면 조기천도 마음을 돌리지 않겠는가.

분명 그것을 염두에 두고 말하는 어린 녀석의 생각이 제법 기특하게 여겨진다.

'하지만······.'

약에 대해 정말 아무런 의심도 하지 않는 건가?

이 순진무구한 도련님에게 강호의 무서움에 대한 가르침을 한 번쯤은 내려 주고 싶었다.

그래서 막 입을 열려는데 초류향이 먼저 말했다.

"오해하지 마십시오. 당신을 믿어서 먹겠다는 게 아닙니다. 본 지 얼마 되지도 않았는데 쉽게 신용할 수 있을 리가 없지요. 전 그렇게 어리석지 않습니다."

"……."

조기천이라는 작자도 그렇지만 이 어린 제자라는 놈도 지나치게 솔직했다.

엄승도가 속으로 그렇게 욕을 하고 있을 때 초류향이 계속 말을 이었다.

"당신은 신용할 수 없지만 그 약은 확실히 영약인 것 같습니다. 그래서 먹는다고 한 겁니다."

엄승도는 이해가 되지 않았다.

언뜻 말이 되는 것 같지만 앞뒤가 맞지 않는다.

"이게 영약인 것은 분명 맞지만 그걸 도련님께서는 어떻게 확신하셨습니까?"

엄승도가 말을 하며 초류향을 정면으로 쏘아보았다.

그의 날카로운 시선이 초류향의 구석구석을 살폈다.

확실히 이 꼬맹이는 여러모로 수상했다.

뭐라고 해야 할까?

그 속을 알 수 없다고 할까?

정확하게 말하자면 무언가를 꼭꼭 숨기고 있는 그런 느낌을 주는 것이다.

'숨기고 있는 게 대체 뭐냐?'

엄승도가 막 그렇게 여러 가지 생각을 하고 있을 때 초류향도 머릿속으로 빠르게 생각을 정리하고 있었다.

사실 초류향은 정관법으로 보았기 때문에 저 약이 영약인지 아닌지 확실하게 알 수 있었다.

하지만 그것을 이자에게 말할 생각은 물론 없다.

앞서 말했다시피 아직 신용할 단계는 아니기 때문이다.

초류향은 안경을 벗어 눈을 문지르며 아무렇지도 않게 말했다.

"그냥 감입니다."

"감……이라구요?"

엄승도는 황당한 얼굴을 해 보였다.

그리고 곧 맥 빠진 표정을 지었다.

얼마간 이 꼬마 도련님을 진지한 눈으로 살펴보고 있던 엄승도였다.

일전에 보았던 그 후광 같은 것이 좀처럼 머릿속을 떠나지 않았던 탓이다.

'착각……이었던가.'

그런 그의 속내를 아는지 모르는지, 초류향이 불쑥 손을 내밀었다.

그 손을 보던 엄승도는 떨떠름한 얼굴로 천마령단 한 알을 올려 주었다.

"괜찮겠느냐?"

조기천이 만류하는 얼굴로 묻자 초류향은 고개를 끄덕였다.

정관법으로 보았을 때 이 약은 선명한 푸른색을 띠고 있었다.

푸른색은 몸에 도움이 된다는 뜻이었다.

"괜찮습니다."

그리고 더 말릴 새도 없이 초류향은 그것을 입으로 가져가 삼켰다.

"어떻습니까?"

복용 즉시 효과가 나타난다는 것이 천마령단의 여러 장점들 중 하나였다.

엄승도가 자신만만한 표정으로 초류향을 바라볼 때.

초류향의 얼굴이 갑자기 와락 찌푸려졌다.

그 모습을 보던 엄승도가 피식 웃었다.

"흐, 그런 재미없는 장난은 치지 마시지요, 도련님. 저 화나면 무서운 사람입니다."

엄승도의 농담 섞인 엄포에도 초류향의 찌푸려진 안색은 풀어지지 않았다.

오히려 더욱 일그러지기 시작했다.

두근──

'어?'

초류향은 심장이 있는 부분을 손으로 움켜잡으며 고통스러운 얼굴을 해 보였다.

갑자기 심장이 미칠 듯이 두근거리며 호흡이 가빠졌기 때문이다.

'이건 무슨……'

동시에 정신이 혼미해지며 전신이 덜덜 떨려왔다.

초류향은 결국 식은땀을 뻘뻘 흘리며 옆으로 쓰러졌다.

종내에는 눈을 까뒤집으며 부들부들 떨었다.

그것을 지켜보던 엄승도의 얼굴이 새하얗게 질렸다.

"부작용? 그럴 리가……"

잠시 무언가를 생각하던 엄승도의 눈빛이 크게 흔들렸다.

천마령단이 천하에 둘도 없는 영약은 아니지만 천마신교에서 특별하게 신경 써서 관리하는 이유 중 하나가 복용 시에 그 어떤 부작용도 없다는 것이다.

하나.

'약제당주가 딱 하나 예외가 있다고 했었다, 분명.'

엄승도는 급하게 기억을 더듬어 보았다.

천마신교의 약제당에서 오랜 세월 연구해서 만들어낸 천마령단이다.

부작용이 전혀 없다고 알려져 있긴 하지만 단 하나.

유일하게 예외인 경우가 있었다.

'내장역위(內臟逆位)!'

쉽게 말하자면 몸 안의 내장기관들이 보통의 사람과 달리 좌우 위치가 뒤바뀌어 태어난 사람의 경우를 말했다.

백만 명에 한 명 있을까 말까 한 매우 드문 경우이기에 이런 부작용이 일어날 것이라고는 전혀 생각을 하지 못했다.

엄승도는 초류향을 부둥켜안은 채 벌벌 떨고 있는 조기천을 슬쩍 옆으로 밀어낸 후 곧장 초류향의 맥문을 움켜잡았다.

그리고 한줄기 내력을 뽑아내 초류향의 내부에 밀어 넣어 그 안을 샅샅이 살펴보고는 얼굴을 찌푸렸다.

과연 그의 짐작대로 초류향은 내장역위였기 때문이다.

그것도 일부 장기의 위치만 바뀐 것이 아닌 모든 장기의 위치가 완벽하게 뒤바뀌어 있었다.

'빌어먹을.'

엄승도는 속으로 욕을 내뱉었다.

원인은 알았지만 치료할 방법이 없었기 때문이다.

엄승도의 머릿속이 점차 복잡하게 헝클어져 갔다.

"끄으으……."

그때 정신을 잃은 초류향의 입에서 고통스러운 신음이 흘러나오자 엄승도는 그제야 퍼뜩 정신이 돌아왔다.

'젠장, 무공을 익힌 조짐이 전혀 없는데…….'

엄승도는 얼굴을 찌푸렸다.

지금 초류향의 상태는 너무도 확실했다.

'주화입마(走火入魔).'

기공의 고수들이 수련 중에 받은 충격으로 내부가 진탕되는 것을 말한다.

하나 지금의 경우는 본신의 내력이 아닌 영약에 의한 내공의 폭주라서 더 위험했다.

'어떻게 하지?'

방법이 전혀 없는 것은 아니었다.

가장 확실한 방법이 있긴 했다.

다만 그게 목숨이 열 개라도 모자랄 만큼 위험한 방법이라는 게 문제였다.

"마차를 멈춰라!"

엄승도가 크게 소리치자 빠른 속도로 달리던 마차가 천천히 멈춰 섰다.

마차가 완전히 멈춰 서기 전에 엄승도가 말했다.

"저에게서 잠시 물러서 계십시오."

엄승도는 넋이 빠진 얼굴을 하고 있는 조기천을 마차에 내버려 둔 채 초류향을 안고 나가려 했다.

그런 그의 소매를 조기천이 잡으며 물었다.

"사, 살릴 수 있겠소?"

"……노력해 봐야죠."

엄승도는 이를 악물었다.

쉽게 그렇다고 장담할 수가 없는 상태였다.

그는 일단 마차 문을 활짝 열었다.

그러자 외부의 바람이 마차 내부로 들이닥쳤다.

그래서일까?

초류향이 몸을 부르르 떨며 고통스러운 신음을 흘렸다.

"끄으…… 으으으…… ."

"괘, 괜찮으냐! 정신 좀 차려 보거라."

조기천이 다급한 얼굴로 초류향의 어깨를 흔들어 보았지만 소용이 없었다.

엄승도는 그런 조기천을 향해 고개를 한 번 저어 보이고는 입을 열었다.

"주화입마입니다. 제가 아는 치료법을 시도해 볼 참이니 잠시 기다려 주시지요."

조기천은 일그러진 얼굴로 엄승도를 바라보며 물었다.

"설마 그 약 때문에 이렇게 된 것이오?"

"……그렇긴 합니다만, 이건 저도 예상하지 못한 일입니다. 설마 내장역위였을 줄은…… ."

엄승도는 더 이상 변명을 잇지 못했다.

조기천의 얼굴이 눈에 띄게 붉게 달아올랐던 것이다.

사실 엄승도로서는 지금 입이 열 개라도 할 말이 없었다.

하지만 다른 한편으로는 억울하기도 했다.

이런 결과가 생길 것이라고는 정말 생각지도 못했기 때문이다.

"……욕을 먹더라도 일단 치료가 끝난 후에 먹겠습니다."

"……."

조기천은 일그러진 표정으로 엄승도를 쏘아보고 있었다.

그런 따가운 시선을 뒤로 한 채 엄승도는 바깥으로 나왔다.

그리고 마차 안에 있던 가림막을 가지고 나와 바닥에 깔고 그 위에 초류향을 눕혔다.

'빌어먹을……'

이런 일이 생길 줄은 생각도 하지 못했다.

조기천에게는 미처 말하지 못했지만 엄승도는 지금 목숨을 건 모험을 할 참이었다.

엄승도는 누워 있던 초류향을 억지로 앉힌 다음 가부좌를 틀게 만들고 뒤에 앉아 입술을 깨물었다.

'오냐. 어디 네가 죽나, 내가 죽나 한번 해보자.'

엄승도는 호흡을 고르며 일신의 내력을 끌어 올렸다.

그때 초류향은 몸을 가누지 못하는 것과 달리 정신은 잃지 않고 있었다.

아니, 오히려 평소보다 더욱 맑은 정신으로 주변을 관조(觀照, 자세히 들여다봄)하고 있었다.

그랬기에 엄승도가 하는 이야기도 자연스럽게 다 듣게 되었다.

'내장역위라고? 내가?'

금시초문이라는 말을 이럴 때 쓰는 건가 보다.

본인도 전혀 모르는 일이었으니까.

그랬기에 초류향은 지금 엄승도가 반쯤 거짓말을 하고 있다고 생각했다.

급하니까 막 둘러댄다고 여긴 것이다.

그때.

[저놈 말이 맞다, 멍청아.]

갑자기 귓가에 들린 음성에 초류향은 눈이 휘둥그레졌다.

아니, 몸 상태만 정상이었으면 그렇게 됐을 것이다.

[얼마 전에 네가 기문을 연 것을 잊었더냐?]

기문을 열었다?

초류향은 곰곰이 생각하다가 진법을 발동시켰을 때를 떠올리며 고개를 끄덕였다.

그때, 진법을 완성했을 때 무언가에 홀린 듯한 느낌을 받지 않았던가?

[보통은 기문을 열기 전 한 단계의 과정을 더 거쳐야 하는데 네놈은 그걸 거치지 않아서 이상하다 생각하긴 했다. 그게 네놈 신체에 그런 비밀이 있어서였을 줄이야…….]

그럼 정말 엄승도의 말처럼 몸 안 장기의 위치가 전부 좌우 방향이 뒤바뀌어 있다는 건가?

초류향이 어이없어할 때 다시 음성이 들려왔다.

[네놈은 너무 갑작스럽게 많은 것을 얻어 버렸다. 덕분에 아슬아슬

하게 유지되던 신체 균형이 무너진 상태지. 한 번쯤 이렇게 내부를 뒤집어엎어 줄 필요가 있긴 했다. 한데 그 시기가 참으로 적절하구나.]

왠지 노인의 말투에 장난기가 엿보여 초류향은 불길한 느낌을 받았다.

쉽게 치료되지 않을 것 같은 느낌이 강하게 들었기 때문이다.

그리고 그 예감은 정확하게 들어맞았다.

[애송이가 제법 감이 좋아졌구나. 정확하게 봤다. 저 녀석이 지금부터 할 치료법은 네놈에게 꽤나 고통스러운 것이 될 게다. 대개의 경우, 열에 아홉은 지독한 고통 속에서 몸부림치다가 죽는, 그런 치료법이지.]

초류향의 얼굴이 일그러졌다.

가만히 생각해 보니 머릿속에 있는 이 노인은 남의 일이라고 아무렇지 않게 말하는 경향이 있었다.

[어디 견뎌 보거라. 이번에 어떻게든 살아남기만 한다면……]

……살아남기만 한다면?

머릿속의 노인은 잠시 뜸을 들이다 느릿하게 말했다.

[……덤으로 얻는 것이 제법 있을 게다.]

그게 무엇일까?

그걸 물어보기도 전에 갑자기 등 뒤에서 뜨거운 열기가 전해져 왔다.

비명이 터져 나올 만큼 뜨거운 열기에 초류향은 깜짝 놀랐다.

동시에 힘겨운 기색을 띤 엄승도의 전음이 들려왔다.

『정신을 잃지 않고 있다는 걸 알고 있습니다, 어린 도련님.』

무슨 말을 하려는 걸까?

초류향이 귀를 기울일 때 엄승도가 다시 전음을 보냈다.

『이제부터 치료를 위해 제가 내력을 쏟아부을 생각인데 보통의 경우는 몸이 찐빵처럼 부풀어 오르다가 뻥 하고 터져 나가게 되는 치료법입니다.』

초류향은 뜨거운 열기 속에서도 간신히 의식을 유지하며 엄승도의 말을 계속해서 들었다.

현재로서는 그에게 기대해 보는 것 외에는 별다른 방법이 없었기 때문이다.

『최대한 조절해 볼 생각입니다만, 솔직히 말해 자신은 없습니다.』

'이런 무책임한 작자가······.'

절로 욕이 나오려 했다.

『하지만 우리 어린 도련님께서도 최선을 다해서 견뎌주십시오. 절대로 의식을 잃으시면 안 됩니다. 그럼 바로 끝장나니까요.』

그 말을 끝으로 더 생각해 볼 사이도 없이 등에서 느껴지던 열기가 갑자기 무서울 정도로 불어났다.

동시에 초류향의 몸이 두 배 가까이 부풀어 올랐다.

*   *   *

우드득―

뼈가 뒤틀리는 끔찍한 소리와 함께 엄승도가 했던 말처럼 초류향의 몸이 찐빵처럼 부풀어 올랐다.

피부 가죽이 터질 듯한 고통이 찾아왔다.

초류향은 전신이 찢겨 나갈 것 같은 말도 안 되는 고통 속에서 의식을 잃지 않기 위해 안간힘을 썼다.

여기서 정신을 놓아 버리면 정말로 온몸이 터져 나갈 것 같았기 때문이다.

'으아아……!'

이 정도의 고통은 정말 지옥에나 가서야 느낄 수 있을 것만 같았다.

초류향이 필사적으로 고통과 싸우고 있는 한편, 엄승도 역시 상황이 좋지 않았다.

'빌어먹을.'

엄승도는 전신에서 식은땀을 흘리며 속으로 줄기차게 욕설을 내뱉고 있었다.

이 망할 꼬맹이의 몸에 내력을 왕창 쏟아붓고 있는데 이건 완전히 밑 빠진 독에 물 붓기가 아닌가?

아무리 부어 넣고, 쑤셔 넣어도 끊임없이 내력이 들어갔다.

이놈 배 속에 아귀가 있어서 내력을 무한정 잡아먹고 있는 것만 같았다.

'이런…….'

엄승도는 필생의 대적을 상대하고 난 것처럼 온몸이 점차 무기력해지기 시작했다.

그러다 뒷목이 뻣뻣해지며 차츰 눈앞이 가물가물해졌다.

'고비다.'

그것을 깨달음과 동시에 쏟아붓던 내력의 줄기가 빠른 속도로 얇아

지기 시작했다.

엄승도는 이를 갈았다.

심장이 간질거렸다.

지금 이 상태에서 쏟아붓던 내력을 끊게 되면 이 꼬마의 목숨을 장담할 수 없다.

설사 부처님이라도 꼬마의 몸 안에 폭주하는 저 기운을 막아 내지 못할 것만 같다.

이 순간 엄승도는 선택을 해야 했다.

그리고 그의 선택은 지금으로선 한 가지뿐이다.

물러설 곳이 없는 것이다.

'오냐, 이놈아. 아주 끝장을 보자.'

엄승도는 속으로 욕설을 주구장창 쏟아내며 내력을 살짝 줄였다.

그리고 호흡을 고르며 지금까지와는 전혀 다른, 새로운 운기법을 운용하기 시작했다.

그러자 초류향의 몸으로 흘러들어 가는 내력에 변화가 생겼다.

하지만 엄승도의 몸에서 흐르는 땀은 좀 전보다 배나 늘어났다.

지금 엄승도는 내력뿐만이 아니라 무인이라면 절대로 소모해서는 안 되는 진원진기까지 뽑아다 쓰고 있었던 것이다.

쿠콰콰콰—

폭포수처럼 빠져 나가는 내력에 엄승도는 다시금 급격하게 피로를 느끼고 있었다.

온몸이 무기력해지며 입고 있는 옷조차 무겁게 느껴졌다.

입에서는 단내가 날 지경이다.

그때.

덜컥—

쏟아붓던 내력이 뭔가에 막힌 것처럼 더 이상 들어가지 않았다.

엄승도는 어리둥절한 표정으로 내력을 거두었다.

그리고 살며시 초류향의 등에서 손을 떼었다.

'어?'

손을 뗌과 동시에 엄승도는 자신도 모르게 그 자세 그대로 뒤로 쓰러져 벌렁 드러누워 버렸다.

'성공한 건가?'

손가락 하나 까딱하기 힘들었다.

하지만 어떻게 되었는지, 엄승도는 결과를 확인해야만 했다.

고개를 들어 가물거리는 눈으로 앞을 보자 찐빵처럼 부풀어 있던 초류향이 다시 본래의 크기로 줄어들어 있는 것이 보였다.

그리고 그의 전신이 마치 호흡이라도 하는 것처럼 조금씩 줄어들었다가 커졌다가 하는 것이 눈에 들어왔다.

그 모습에 엄승도는 만족스럽게 웃었다.

그리고 정신을 잃고 쓰러졌다.

*   *   *

"정신이 드시오?"

엄승도는 멍한 눈길로 조기천을 바라보았다.

그러다가 곧 몇 번 눈을 깜빡이더니 상체를 벌떡 일으켰다.

"제가 정신을 잃은 지 얼마나 된 겁니까?"

"열흘 정도 지났소."

그 말에 엄승도는 크게 놀란 듯 얼굴빛이 하얗게 질려서 주변을 두리번거렸다.

달리는 마차 안이었다.

"여, 여긴 어딥니까?"

조기천은 웃었다.

그가 무엇을 걱정하는지 알 것 같았기 때문이다.

"어디인 것 같소?"

엄승도는 참담한 얼굴로 대답했다.

"얼마 못 간 것 아닙니까?"

조기천은 고개를 저었다.

"조금 있으면 무릉 나루에 도착한다고 하더구려."

"예?"

엄승도는 눈을 몇 번 끔뻑이다가 되물었다.

"섬서성을 지나왔다는 말씀입니까?"

"그렇소."

산서성에서 출발하여 섬서성을 지나 목적지인 감숙성을 벌써 눈앞에 두고 있었다.

불과 열흘 만에 두 개의 성을 지난 것이다.

대단한 강행군이었다.

엄승도는 잠시 멍한 얼굴로 있다가 본래의 기색을 회복한 후 마부석을 향해 전음을 날렸다.

『거기에 있는 게 누구냐?』

『속하, 진명(盡命)입니다.』

『내가 너희들에게 크게 신세를 졌구나. 수고가 많았다.』

『당치도 않습니다. 속하는 그저 사전에 대주께서 명하신 대로 이행했을 따름입니다.』

엄승도는 고개를 끄덕였다.

정신을 잃기 전에 모든 것을 안배해 둔 것이 다행이었다.

그리고 정말 고맙게도 그동안에 별다른 일은 없었던 모양이다.

『고맙다. 내 이번 일은 잊지 않으마.』

『속하는 그저 명령대로 따랐을 뿐입니다.』

엄승도가 수하의 말에 안도하고 있을 때쯤 맞은편에 앉아 있던 초류향이 먼저 엄승도를 향해 입을 열었다.

"몸은 좀 어떻습니까?"

엄승도의 얼굴이 다시 딱딱하게 굳어졌다.

그러고 보니 몸 상태를 제대로 점검하지 않았다.

'얼마나 날려 먹었을까?'

엄승도는 바짝 긴장한 얼굴로 몸 안의 내력을 운기해 보았다.

그러다 깜짝 놀랐다.

'내력이 오히려 증가했다?'

이게 대체 어떻게 된 일일까?

진원진기까지 쏟아부은 마당이라 상당한 내력 손실을 예상했는데 이건 오히려 내력이 더 늘어나 있지 않은가?

그 이유를 곰곰이 생각해 보던 엄승도는 곧 고개를 끄덕였다.

진원진기는 어느 정도 손실이 되었지만 스스로의 한계를 넘어서는 과정에서 내력을 담아두는 단전 자체의 크기가 더 커진 모양이었다.

'마치 기연을 얻은 것 같군.'

엄승도가 멍한 얼굴을 하고 있을 때 갑자기 달리던 마차가 서서히 속도를 줄이기 시작했다.

『앞에 문제가 생긴 모양입니다, 대주님.』

『무슨 문제?』

『그게…… 아무래도 직접 보셔야 할 것 같습니다.』

엄승도는 얼굴을 찌푸렸다.

곧이어 달리던 마차가 완전히 멈춰 섰다.

조기천과 초류향은 습관처럼 마차에서 내리기 위해 문을 열려고 했다.

그동안 마차가 멈추면 항상 새로운 마차가 눈앞에 대기하고 있었고, 마차를 갈아탄 후 곧장 다음 장소로 출발하곤 했기 때문이다.

한데 이번에는 그게 아니었던 모양이다.

"잠깐. 두 분은 이곳에서 기다려 주시지요."

엄승도는 둘의 행동을 저지하며 근심스러운 얼굴로 마차 문을 열었다.

무슨 문제라도 있는 것일까?

생각하던 초류향은 열린 문 사이로 보이는 푸른 물결에 이내 시선을 빼앗겼다.

거대한 강.

중국 전토를 좌우로 가로지르는 황하강이 눈에 들어온 것이다.

그때 나루터에서는 일단의 무리들이 대치하고 있었다.

"선주님!"

선박 근처에 있던 몇 명이 호들갑을 떨며 엄승도에게 다급하게 다가 왔다.

동시에 엄승도의 귓가로 전음이 들려온다.

『만만치 않은 놈들입니다. 속하가 힘으로 제압하기엔 승부를 쉽게 장담할 수가 없어서 부득이하게 대주님을 기다리고 있었습니다.』

엄승도는 수하의 전음에 인상을 찌푸렸다. 고작해야 노인네 하나 모셔 오는 이번 일정이 예상 밖으로 만만치 않다.

배치해 놓은 수하들의 전력이 보통이 아닐진대 자신을 기다리고 있었다면 평범한 무리가 아닐 것이다.

엄승도는 날카로운 시선으로 정면에 있는 다섯 명을 살펴보며 물었다.

"이곳에 무슨 볼일이십니까?"

"당신이 이 선박의 선주 되시오?"

차가운 인상의 젊은 사내가 한 걸음 앞으로 나섰다.

이제 막 서른이나 되었을까?

엄승도는 은밀하게 상대를 가늠해 보았다.

'이놈은…….'

고수였다.

그것도 절정의 경지에 이른 고수.

엄승도는 상대방을 보면서 적잖게 당황스러웠다.

'처음 보는 놈이다.'

문제는 그만한 고수에 대한 정보가 없다는 것이다.

그가 알기로는 강호에 현재 특정 단체에 소속되지 않은 절정의 고수는 어림잡아 오백을 넘지 못했다.

그들에 관한 정보는 엄승도의 머릿속에 이미 다 저장되어 있었다. 그것이 천마신교의 정보력을 말해 준다.

그런데 생판 처음 보는 놈이 절정의 고수라고 등장했다.

완벽하다고 생각했던 그의 정보력에 큰 구멍이 생긴 셈이다.

"제가 선주입니다만 누구신지?"

젊은 사내는 고개를 저으며 말했다.

"먼저 본인의 신분을 밝힐 수 없음을 이해하시오. 용건부터 말하겠소. 우리는 배가 필요하오. 반나절이나 협상을 하려 했지만 이들과는 이야기가 통하지 않아서 애를 태우고 있었소."

엄승도는 고개를 갸웃거리며 말했다.

"이 배가 필요하다는 말입니까?"

"그렇소. 이 배를 빌려 주시오. 아니, 아예 우리가 이 배를 사겠소. 타고 있는 선원들과 함께."

사내가 소매에서 전낭을 꺼내어 들자 엄승도가 급하게 손을 저었다.

"됐습니다. 이 배는 팔 생각이 없으니 넣어 두시지요."

사내가 말했다.

"원래 배값의 세 배를 주겠소."

마치 '이래도 안 팔 거냐?' 라는 말투에 엄승도는 자신도 모르게 피식 웃어 버렸다.

"열 배를 줘도 팔 생각이 없소이다."

사내의 얼굴이 딱딱하게 굳었다.

엄승도가 비웃은 거라 생각한 것이다.

그 표정을 읽은 엄승도가 손사래를 쳤다.

"아, 비웃은 건 아니니 오해하지 마십시오."

이런 곳에서 심력을 낭비할 필요가 없기에 엄승도가 한 번 숙여준 것이다.

그 말에 사내는 굳었던 표정을 조금 풀며 말했다.

"우린 정말 급한 볼일이 있소. 그래서 저 배가 꼭 필요하오."

"그건 이쪽도 마찬가지입니다. 죄송하지만 다른 배를 알아보셔야겠습니다."

엄승도는 다시 한 번 정중하게 거절했다.

그로서는 사실 많이 양보하고 있는 편이었다.

한데 상대는 그걸 모르는지 계속 거머리처럼 달라붙었다.

"이미 다 알아보았소. 그리고 배가 없다는 것을 알게 되었고 겨우겨우 찾아낸 것이 이 배요. 그러니 부탁 좀 합시다."

"죄송합니다. 이쪽 역시 나름의 사정이 있어서요."

젊은 사내 주변에 있던 사람들의 기세가 점차 험악해져 갔다.

그들도 그들 나름대로 많이 참고 있었던 모양이다.

'그래서 어쩌라고?'

엄승도 역시 속으로 화가 나는 것을 억누르며 처음과 똑같이 차분한 표정을 지어 보였다.

그들이 기세를 올리든지 말든지 배는 내어 줄 수가 없다.

자신은 교의 명령을 이행해야 하기에.

살벌한 기세를 아무렇지도 않게 받아 내는 엄승도를 바라보던 젊은 사내는 상대가 예사롭지 않다는 것을 느꼈다.

'고수다.'

눈앞의 평범해 보이는 이 사내는 정체를 숨긴 고수였다.

본인의 안목으로는 일신의 내력조차 짐작 못 할 정도의 고수.

적어도 젊은 사내 자신보다는 몇 수 위의 인물이다.

자연히 그의 얼굴이 신중해졌다.

그때쯤 사내들에게 가려져 숨어 있던 작은 인형(人形)이 앞으로 불쑥 걸어 나왔다.

젊은 사내의 표정이 다급해졌다.

"소군주님."

"괜찮습니다. 여기서부터는 제가 하지요."

소군주라 불린 자는 얼굴 전체를 가리는 죽립(竹笠, 대나무로 만든 삿갓)을 쓰고 있었다.

엄승도가 그를 보며 눈을 동그랗게 떴다.

'계집이었나?'

그것도 어린 계집이었다.

소군주라 불리는 소녀를 모시고 온 일행이라……. 엄승도가 머릿속의 모든 정보를 검색하기 시작했다.

소녀가 입을 열었다.

"눈앞의 고수를 몰라보고 이쪽에서 실례가 많았습니다."

"……실례라 할 것이 있었습니까?"

엄승도가 짐짓 모르는 척 너스레를 떨자 소녀는 쓰고 있던 죽립을 매만지며 웃음기 어린 말투로 불쑥 입을 열었다.

"한데 그쪽은 천마신교의 사람입니까?"

무표정하던 엄승도의 신색에 변화가 생긴다.

갑자기 꼬마 계집애가 천마신교의 이름을 운운한 것에 놀라 버린 탓이다.

"천마신교!"

놀란 것은 소녀를 호위하고 있던 젊은 사내들 역시 마찬가지였다.

그들은 황급히 소군주를 둘러싸며 엄승도를 경계하는 눈으로 보았다.

소녀의 전면을 막아선 그들은 여차하면 손을 쓸듯 흉흉하게 기세를 끌어 올렸다.

"……그게 무슨 말인지 잘 모르겠습니다만."

엄승도가 곧장 표정 관리를 하며 의뭉을 떨어 보았다.

하지만 그건 조금 늦었고, 적절하지 않았던 모양이다.

소녀는 전혀 흔들리지 않았던 것이다.

"역시 짐작대로군요."

"……"

엄승도는 가만히 침묵하며 생각에 잠겼다.

그냥 몽땅 죽여 버리고 여길 뜰까?

전력을 가늠해 보니 어렵지 않아 보인다.

하지만 마땅치 않은 구석이 있다.

『처리하는 게 어떻겠습니까?』

수하들 역시 같은 생각을 한 것인지 전음을 보내왔지만 엄승도는 생각을 고쳐먹고 고개를 가로저었다.

소란을 벌이기엔 장소가 마땅치 않다.

너무 공개된 장소였기 때문이다.

이곳이 천마신교의 영역이라면 애초에 고민할 것도 없이 손을 썼겠지만 이곳은 천마신교의 영역이 아니다.

사고를 치면 뒷수습하기가 쉽지 않다.

그렇게 그가 여러 가지 심각한 고민을 하고 있을 때 소녀가 다시 말했다.

"기련산에 가시겠지요? 저 역시 그곳에 가니까 함께 가면 되겠네요."

엄승도는 눈을 가늘게 뜨고 소녀를 바라보았다.

소녀의 얼굴은 아직도 죽립에 가려져 있어 어떤지 모르지만 이제는 궁금하지도 않았다.

그가 줄곧 입가에 유지해 오던 미소가 점차 사라졌다.

"역시 안 되겠다."

생각을 정리한 엄승도는 얼음장처럼 차가운 얼굴로 사나운 기운을 방출하기 시작했다.

소군주의 정체가 뭔지 모르지만 입에 담지 말아야 할 말이 나왔다.

천마신교가 세상에 숨기고 도모하는 은밀한 행사가 기련산에서 이루어지고 있는 것을 뻔히 알고 있으면서도 감히 그의 앞에서 기련산을 운운해?

아무래도 이곳에서 죽여야 할 것 같았다.

"넌 지금 해서는 안 될 말을 했다. 유언이 있으면 지금 해도 좋다."

한번 상대를 죽이기로 마음먹자 엄승도의 몸에서는 살벌한 기운이 뿜어져 나오기 시작했다.

뒤쪽에 있는 마차에 귀한 손님 있어서 가급적이면 쓸데없이 피를 묻히기 싫었다.

하지만 이번에는 도리가 없었다.

엄승도가 막 그렇게 마음먹고 검 손잡이를 매만질 때, 꼬마 계집애가 눌러쓰고 있던 죽립을 천천히 걷어 올렸다.

그러자 가려져 있던 얼굴이 드러났다.

'헉……'

대략 열대여섯 살이나 되었을까?

아직은 앳되어 보이지만 몇 년이 지나면 미녀가 될 것이 분명해 보이는 소녀였다.

그리고 그녀는 엄승도의 기억 속에 분명히 저장되어 있는 강호의 중요 인물이었다.

"전 냉하영이라고 해요, 천마신교의 무사님. 반가워요."

엄승도의 얼굴이 구겨질 대로 구겨졌다.

그리고 검 손잡이를 매만지던 손을 떼었다.

상대방이 쉽게 손을 쓰기 곤란한 인물인 것을 알아 버렸기 때문이다.

*　　　*　　　*

"일이 그렇게 되어서 저쪽 일행과 함께 배를 타고 가야 할 것 같은데 괜찮겠습니까?"

조기천은 고개를 갸웃거렸다.

"우리야 별 상관이 없소만, 원래 그게 문제가 되는 일이오?"

엄승도는 머리를 긁적였다.

별다른 이견이 없을 거라 예상했었지만, 자신의 불편한 심정으로는 그가 조금이라도 머뭇거리는 기색을 보였다면 뭔가 궁리해 볼 요량이었다.

역시 어쩔 수 없는 일인가 보다.

"딱히 문제가 될 것은 없지만 조금 불편할 수도 있을 겁니다. 그 점에 대해서 양해해 주십사 물어보는 겁니다."

"알겠소."

별 어려움 없이 조기천의 양해를 얻은 엄승도는 마차에서 나와 냉하영에게 걸어갔다.

"손님들의 양해를 구했습니다."

"고마워요. 다행이네요."

"먼저 배에 오르시지요."

"예. 감사드립니다."

엄승도는 고개를 끄덕여 보인 후 수하들을 시켜 이곳에 있었던 흔적들을 지우게 하고는 마차로 돌아갔다.

"배에 오르시지요."

"알겠소."

조기천과 초류향은 마차에서 내려 배에 올랐다.

중형급의 선박이라 그런지 내부의 규모도 컸다.

잠을 잘 수 있는 선실 다섯 개에 요리를 할 수 있는 주방이 딸려 있었다.

선박을 둘러보던 초류향은 문득 자신을 향한 시선을 느끼고 고개를 돌렸다.

그리고 갑판 난간에 기대어 그를 바라보고 있는 소녀와 눈이 마주쳤다.

강바람에 은은한 적갈색의 머리를 흩날리고 있는 소녀.

이것이 먼 미래에 수라왕이라 불리는 초류향과 은향호리(隱香狐狸)라 불리며 천하를 쥐락펴락하는 재녀 냉하영의 첫 만남이었다.

〈다음 권에 계속〉

외전

제갈공명,
천하를 훔치다 −1

　유비가 죽기 직전.

　그가 마지막으로 만나고자 한 사람은 가족도 아니고, 절친한 친구들도 아니었다.

　다른 사람도 아닌 군사 제갈공명.

　그를 은밀히 만나고자 했다.

　"군사는 나를 어떻게 생각하나?"

　유비는 제갈공명과 단둘이 있게 되면 항상 그의 직책인 재상(宰相)이나 승상(丞相)이라고 부르는 것보다 이렇게 군사라 부르는 것을 좋아했다.

　"이왕 멀리 가시는 마당인데 제 생각이 중요합니까?"

　"그럼, 중요하지. 그래도 지금까지 가장 가까이에서 나를 지켜본 사람이 그대 아닌가? 내 인생에 대한 평가를 해 주시게나."

제갈공명은 유비를 바라보며 피식 웃었다.

"솔직한 것을 원하십니까, 아니면 적당히 돌려 말씀드리길 원하십니까?"

유비는 제갈공명의 물음에 신중한 얼굴로 잠시 고민했다.

그리고 잠시 후 희미하게 웃으며 대답했다.

"허허, 적당히 돌려 말해 주었으면 하네. 자네가 워낙 직설적이라 상처 입을까 두렵구먼."

굉장히 흐릿한 웃음.

그 웃음에는 숨길 수 없는 죽음의 기운이 짙게 스며들어 있었다.

그런 유비를 바라보던 제갈공명은 손에 들고 있던 섭선을 잠시 무릎에 내려놓고 입을 열었다.

"주군께서는 세간에서 평가하는 그대로 인덕(人德) 있다는 말이 가장 어울리는 사람이지요. 주변 사람들을 아끼고 보살피며 제 목숨만큼 아끼시니 그야말로 인자무적(仁者無敵, 어진 사람은 적이 없음)이라는 말이 가장 적합할 듯싶습니다."

"그런가……."

유비의 입가에 희미하게 그려져 있던 웃음이 더욱 짙어졌다.

그것은 누가 봐도 만족스럽다는 웃음이었다.

그 모습을 물끄러미 바라보던 제갈공명이 입을 열었다.

"저도 뭐 하나 물어봐도 되겠습니까?"

"그러시게나."

"왜 그동안 모르는 척하셨습니까?"

"무얼 말인가?"

"제가 가진 '능력'에 대해서 알고 계시지 않습니까?"

"군사야 워낙 능력이 출중하니 그중에 무얼 말하는지 잘 모르겠구면."

제갈공명은 아무 말도 없이 한동안 유비의 눈을 바라보았다.

당시에도 이미 세상 모든 것을 알 수 있는 제갈공명이었지만 그런 그조차도 모르는 것이 있었다.

그의 주군.

유비만큼은 제갈공명조차도 아직 정확하게 파악하지 못한 것이다.

"어차피 주군께서는 죽기 직전이시니 솔직하게 말씀드려도 되겠습니까?"

"그 부분은 내가 원하는 바는 아니지만 자네가 그러길 원한다면 그리하시게."

유비의 허락이 떨어지자 제갈공명이 입을 열었다.

"당신은 참으로 이기적이고 뻔뻔한 사람입니다. 죽는 마당인데도 참으로 양심이 없어요."

유비는 눈을 동그랗게 떴다.

그리고 웃었다.

지금까지처럼 힘들고 다 죽어 가는 웃음이 아닌 진정으로 즐겁고 맑은 기운이 가득한 웃음이었다.

"군사는 나를 그렇게 보았는가?"

"예. 한 치도 틀림없이 그리 보았습니다."

"정확하구먼."

"제 눈이 애초에 틀릴 리가 없지요."

"그럼 내가 그대를 이렇게 부른 이유도 이미 알고 있겠구먼."

"물론입니다. 이유를 알고 왔고, 부른 목적도 알고 있지요. 그래서 그 망할 '곧 죽을 사람의 소원'을 들어주지 않으려면 어떻게 해야 할지 지금 필사적으로 방법을 궁리하는 중입니다."

"하지만 군사는 들어주겠지."

"……."

청산유수의 달변가.

다른 것들도 뛰어나지만 특히 언변(言辯, 말재주)으로는 천하에 그를 당할 자가 없다고 알려진 제갈공명이었다. 그러나 그런 그조차 지금은 아무 말도 하지 못했다.

그저 삐쩍 말라서 앙상해진 자신의 주군을 묵묵하게 지켜볼 뿐이었다.

그 침묵이 긍정을 뜻함을 알고 있음에도 불구하고 그는 입을 열 수가 없었다.

"군사는 그동안 정말 고생을 많이 해 주었네. 사실 별 보잘 것도 없는 내가 여기까지 온 것도 다 그대의 덕분이라 할 수 있겠지. 고마우이."

"……굳이 그렇게 입 밖에 내어 말하지 않아도 알고 있습니다. 그런 것 정도는."

한참 만에 입을 연 제갈공명의 어투는 팽팽한 풍선에서 바람이 빠지는 것 같이 힘이 없었다.

유비는 자신의 마른 손을 힘겹게 들어 올려 제갈공명의 손을 잡았다.

그 손의 온기를 접한 제갈공명의 눈동자가 미미하게 흔들렸다.

"젊은 나이에 나를 따라와 고생만 하고……. 생각해 보면 내가 참 염치가 없는 놈일세. 자네 말이 다 옳아. 아주 옳게 보았네."

"……."

"그대를 만나 나라를 세우고 백성들을 다스리며 내가 가진 그릇보다 더 큰 꿈을 꾸었네. 하지만 이제는 그 꿈을 깨야 할 시간인가 보네."

유비는 병색이 완연한 환자의 눈에서 벗어나 본래의 형형하면서도 깊은 심연의 눈으로 돌아가 있었다.

그 눈빛을 고요하게 바라보던 제갈공명이 설핏 웃으며 입을 열었다.

"꿈은 즐거우셨습니까?"

"그럼, 과분할 정도로 즐거운 꿈이었네. 허허허……."

유비는 한동안 허허롭게 웃다가 제갈량의 손을 돌연 꽉 움켜쥐었다.

그 손에서 느껴지는 완력은 도저히 죽기 직전의 사람이라고 생각할 수 없을 만큼 강하고 박력이 넘쳤다.

"군사에게 내 아들, 유선과 북벌의 대업을 맡겨도 되겠는가?"

제갈공명은 가볍게 한숨을 내쉬었다.

"제가 아까도 말했지만 그 얼토당토않은 소원, 거절하려고 필사적으로 노력하고 있는 중입니다만."

"그대의 숨겨진 능력이 나에게 보여 준 능력보다 훨씬 뛰어남을 나는 이미 알고 있네. 그래서 하는 부탁이네만 내 아들의 어리석음이 대업에 지장을 줄 것 같으면 그 자리를 자네가 가지게."

"……."

이건 천하의 제갈공명으로서도 생각지 못한 말이었다.

자신의 아들을 제치고서라도 대업을 완성하라니?

그 말은 곧 왕권을 찬탈하라는 말이 아닌가?

제갈공명은 한동안 말없이 고요한 시선으로 그의 주군을 우두커니 지켜만 보았다.

그 시선에 담긴 뜻을 읽은 유비가 흐릿하게 웃으며 대답했다.

"설마 나라고 핏줄에 대한 애정이 없겠는가? 하나 그것보다 더 큰 것이 무엇인지 나는 알고 있네. 그리고 나는 그대가 꿈을 이룰 만한 능력을 가지고 있다는 것도 알고 있지."

제갈공명은 잠시 가만히 있다가 유비의 꽉 움켜쥔 손을 풀어내며 입을 열었다.

"별로 인정하고 싶지 않은 일이지만 주군에 대한 제 평가를 조금 수정해야겠습니다."

"그 사이 바뀐 게 있나?"

제갈공명은 고개를 저었다.

그러고는 슬쩍 웃으며 말했다.

"이제야 당신에 대해서 조금 보이네요. 너무 늦어 버렸지만."

잠시 뜸을 들이던 제갈공명은 섭선을 가볍게 만지며 입을 열었다.

"당신은 선한 사람처럼 행동하지만 사실은 도둑놈의 심보를 가졌습니다. 여태껏 아무도 당신의 그 검은 심성을 눈치채지 못한 것은 당신이 훔치려는 게 너무나 커서 남들이 미처 보지 못했을 뿐이죠."

유비는 희미하게 웃었다.

그 웃음은 조금 전과 같은 박력이나 힘이 느껴지지 않는 지극히도 흐릿한 웃음이었다.

"역시 천하에서 군사만…… 나를 이해하고 있었구먼."

"천하를 훔치려는 당신은 큰 도둑입니다. 당신을 위해 일한 시간은 지극히 즐거웠습니다. 먼저 가서 기다리십시오."

"……그리 오래 기다리지는 못하네, 군사."

유비의 손에서 점차 힘이 빠지기 시작했다.

제갈공명은 그런 유비의 손을 꽉 움켜쥐었다.

놓아 주어야 함은 알고 있지만 그러기가 쉽지 않았던 것이다.

그때.

유비가 제갈공명의 옆을 바라보며 작게 입을 열었다.

"……아우들이 마중을 나왔구먼. 가는 길이 외롭지 않을 것 같네."

제갈공명은 자신도 모르게 유비의 시선이 머무는 곳을 응시했다.

그러나 그곳은 텅 빈 공간으로, 그의 눈에는 아무것도 보이지 않았다.

잠시 그곳을 바라보던 제갈공명의 눈이 그답지 않게 크게 흔들렸다.

이제 정말로 그의 주군이 그의 곁을 떠나야 할 시간이 찾아왔음을 알았던 것이다.

"어쩌면…… 원하는 결과물을 보여 드리지 못할지도 모르겠습니다만…… 진심으로 노력해 보겠습니다. 주군께서 원하시는 대로 천하에서 가장 이름 높은 도적이 되어드리지요."

"……부디 대업을 이루시게나."

제갈공명은 일순간 유비의 몸 전체가 가벼워지는 듯한 느낌을 받았다.

잠시 후 천천히 쥐고 있던 손을 풀어내며 제갈공명은 흐릿하게 웃었다.

"다행히 좋은 곳으로 가시는 모양입니다. 웃는 모습이 보기 좋습니다, 주군."

223년 4월.

삼국시대의 영웅이자 촉한의 황제 유비(劉備).

행년(行年) 63살 나이로 죽다.

설정집 1
현재 강호의 주요 세력

1. 정도맹

정파 무림 단체들의 연합체.

정의를 수호하고 악을 척결하며 약한 자의 편에 서는 정의의 단체를 표방하고 있다.

정도맹은 여러 가지 단체들이 힘을 모아서 만든 단체다 보니, 모든 문파가 수평적인 관계여서 아무래도 위계질서가 느슨한 편이다.

하지만 그들 중에서도 무림맹주의 권한만큼은 대단히 크기 때문에, 무림을 좌지우지할 정도의 큰일이 있을 때 항상 최종적인 결정을 하는 것은 무림맹주이다.

현재의 무림맹주는 무당파의 태극검황 백무량.

흔히 구주십오객으로 표현되는 강호 최강의 고수 열다섯 명 중에서도 가장 위를 차지하고 있는 삼황 중 한 명이다.

삼황.

즉, 천하에서 세 손가락 안에 드는 초인이다.

2. 흑월회

사파 무림 단체들 중 최고의 힘을 가진 곳이 바로 흑월회이다.

본래는 살수로서 원한 대행 사업을 하던 곳이었으나 사파 최강 고수인 흑월야황 냉무기라는 걸출한 천재의 등장으로 급속하게 성장했다.

철저하게 이익을 좇고 강한 힘이 있는 곳으로 몰리는 것을 당연하게 생각하는 사파의 특성상, 수많은 사파의 실력자들이 흑월회로 모이는 것은 당연한 일이었다. 그들은 절대적인 힘과 좌중을 내리누르는 위압감이 있는 흑월야황 냉무기를 존경했고, 한편으로는 두려워했다.

힘과 이권에 매료되어 흑월회 밑으로 모인 사파 무림 단체들의 숫자는 어마어마했고, 그렇게 힘이 모인 결과 흑월회는 너무도 자연스럽게 천하의 한 축을 담당할 수 있게 되었다.

현재의 회주는 흑월야황 냉무기의 아들, 냉파천이 맡고 있지만 아버지처럼 강력한 힘과 능력이 없기 때문에 그 자리는 심히 위태롭다.

3. 천마신교

천하에서 가장 강력한 무력 단체.

그 역사와 전통만을 놓고 보아도 천하에 천마신교만큼 기반이 튼튼하고 단단한 조직력을 가진 곳은 쉽게 찾을 수 없다.

단일 세력이지만 그 어떤 곳보다 압도적인 힘을 지니고 있다.

현재 역대 교주들 중 최고, 최강이라 칭송받는 암흑마황 공손천기가 수장으로 있는 천마신교는 과거와는 다르게 천하에 그 욕심을 드러내지 않고 숨죽인 채 지내고 있다.

하나 그들의 힘은 이미 역대 최강.

하루하루 새로운 역사를 쓰고 있는 곳이 바로 천마신교이다.

현재 교주인 암흑마황 공손천기는 누구보다도 강하고 현명하며 때를 기다릴 줄 아는 인내심까지도 갖추고 있다. 앞으로의 천하는 교주 공손천기에 의해서 새롭게 다시 쓰일 것이다.

4. 북해빙궁

그들의 정체는 강호에 있는 그 누구도 자세히 알지 못한다.

하지만 그들이 가지고 있는 막강한 힘과 세력 덕분에 그 누구도 그들을 우습게 보지 못한다.

드물게 강호에 등장할 때마다 그들이 보이는 무공은 모두가 천하를 진동시킬 만큼 어마어마한 것들뿐이었다.

현재 북해빙궁의 주인은 담천후로서 삼황과 어깨를 나란히 하는 초인이다.

5. 남만야수문

남만의 더운 땅에 기반을 두고 있는 남만야수문은 특유의 야생성을 지닌 무공 때문에 강호의 주목을 받고 있는 곳이다.

그들의 무공은 야성적이고 공격적이며 강력하다.

강호에 한 번씩 등장할 때마다 패배한 적들을 몰살시켜 버리는 잔혹성 때문에 모두가 그들을 두려워했다.

현재 남만야수문의 주인은 구마벽으로서 역시 삼황과 비슷한 무력을 지니고 있는 초절정 고수이다.